An der Grand Central Station setzte ich mich hin und weinte

Die Originalausgabe erschien bei Grafton Books unter dem Titel
"By Grand Central Station I Sat Down And Wept"
Erstpublikation 1945 bei Editions Poetry, London

Satz: Lasersatz Maringer, Maishofen
Printed in Austria by Welsermühl AG, Wels
ISBN 3-7017-0792-8

ELIZABETH SMART

An der Grand Central Station setzte ich mich hin und weinte

ROMAN

Aus dem Englischen von Lilian Faschinger

Mit einem Nachwort von Brigid Brophy

Residenz Verlag

Für Maximiliane von Upani Southwell

EINS

Ich stehe an einer Ecke in Monterey und warte auf die Ankunft des Busses. Alle Muskeln meiner Willenskraft bezähmen die schreckliche Angst vor dem Augenblick, den ich am meisten herbeisehne. Dunkle Befürchtungen und der Sommernachmittag lassen meine Lippen immer wieder austrocknen, die ich mir während der fünfstündigen Wartezeit alle zehn Minuten nachziehe.

Doch dann sind es ihre Augen, die aus der Menge der vulgären Schiffspassagiere auftauchen und mir versichern, daß der Bus nicht das Unglück ausgespuckt hat: ihre Madonnenaugen, sanft wie die Neugeborenen, vertrauensvoll wie die nie in Versuchung Geführten. Und einen Moment lang bin ich froh bei diesem Blick, froh, meiner Zukunft zu entsagen und das Wunder, das auf sich warten läßt, auf unbestimmte Zeit hinauszuschieben. Ihre Augen überschütten mich mit ihrer Unschuld und ihrem Staunen.

War es also doch ihretwegen, ihretwegen, die ich nie erwartet und mir nie vorgestellt hatte, weshalb sich solch hinterlistige Zufälle aneinandergereiht hatten? Hinter ihr fummelt er, auf den ich so lange gewartet habe, der so unerträglich durch meine nächtlichen Träume gepirscht ist, ungeschickt mit den Fahrkarten und dem Gepäck herum und schleppt sich hin zu dem Ereignis, das die Finger allzu großer Vorfreude ganz zerfasert haben.

Denn es geht ja doch ganz um sie. Wir sitzen in einem Café und trinken Kaffee. Er berichtet von ihren Abenteuern und sagt: »Genauso war es, nicht, Liebling?«, »Das habe ich gut gemacht, oder nicht, mein Herz?«, und sie lächelt glücklich durchs Zimmer mit einer Zuversicht, die einen erschreckt.

Wie kann sie durch die Straßen gehen, so verwundbar, so ahnungslos, ohne daß Menschen und Hunde und fortwährendes Unglück ihr folgen? Doch verhangen von den Ranken ihres Gottvertrauens, ist sie geschützt vor deren Blick wie die Teiche in Epping Forest. Ich begreife, daß sie durch die tückische Welt schreiten und nur von denen verletzt werden kann, die sie liebt. Aber ich liebe sie, und ihr Schweigen ist ein Werben um Heiligsprechung.

So fahren wir die kalifornische Küste entlang und singen, und ich verzichte völlig auf ihn, nur damit sie ihren Seelenfrieden hat. Die wilde Straße windet sich um Felsen, gehauen aus den Bergen und Klippen. Der Pazifik mit seinen blauen Spasmen übertrifft alle Erwartungen.

Warum springe ich nicht von dieser Klippe, auf der ich mondkrank liege? Ich weiß, diese Tage bieten mir nichts als eine zukünftige Hölle. Es sind nicht nur die Gänsehautfinger der Kälte, die mir vom Handeln abraten und mir die trügerische Hoffnung lassen, es könnte eine Lösung geben. Wie Macbeth denke ich ständig daran, daß ich ihre Gastgeberin bin. Also ist es eher das morgige Frühstück als das zukünftige Blut, das verhängnisvolle Geduld gebietet. Die Natur, diese ewige Hure, lenkt ab mit dem Unmittelbaren. Mit verschlagenem Blick ob dieses Trugschlusses gelange ich mühsam zurück in mein Bett, hinauf durch das kitzelnde Gras.

So sitzen wir die Sommertage an der kalifornischen Küste und trinken Kaffee auf den hölzernen Stufen unserer Sommerhäuschen.

Weiter oben in der Schlucht künden die Redwoodbäume und die dicken Blätterhände der Rizinusbäume von Unheil mit ihrer Schönheit, die jedes Maß übersteigt. Der Bach stürzt über grüne Felsblöcke in Teiche, die nie ein Mensch besucht, und die Schluchten hinunter ins Meer.

Doch giftiger Sumach überwächst den Pfad und alle Ufer, und es ist unmöglich, in das feuchte, verhangene Tal zu gehen, ohne sich zu vergiften. Später im Jahr entflammt es scharlachrot, zugleich Erinnerung an das Unabänderliche und Zeugnis davon.

Zwischen den Schluchten gleiten die Hügel steil und kahl hinunter zu den Klippen, die den Pazifik abtrennen. Sie verwandeln sich von Gold in Silber, werden mit der Entfernung purpurn und wuchtig und lösen sich weiter unten auf in Lawinen aus Sand.

Vor dem Eingang wachsen riesige Blumen ganz ohne unser Zutun: Lilien, Kapuzinerkresse auf der Böschung zum Bach, Rosen, Geranien, Fuchsien, Flammende Herzen, Hortensien. Das Meer braust. Der Bach stürzt lärmend hinab.

Wenn die Seeotter ihr Spiel unter der Klippe beenden, scheint der Seetang den ganzen Pazifik in seinen Liebesknäueln zu fesseln. Es gibt Klapperschlangen und Schwarze Witwen und Nebel, die von unten aufsteigen. Doch die Tage hinterlassen die Erinnerung an Sonne und Blumen.

Schon der Tag ist trügerisch, doch nachts ist niemand vor Sinnestäuschungen sicher. Die Legenden hier handeln alle von Blutrache und Selbstmord, von unheimlichen Ahnungen und übernatürlichem Wissen. Bevor die Sträflinge die Straße bauten, trieb die Einsamkeit die Frauen ins Meer. Man erzählte sich Geschichten über die Sträflinge: wie manche an der Küste wahnsinnig wurden und andere davon gebannt, so daß sie nach ihrer Entlassung zurückkamen, um Mädchen aus der Gegend zu heiraten.

Die langen Tage locken alle Gedanken fort, und wir liegen wie die Eidechsen in der Sonne und verschieben unser Leben auf unbestimmte Zeit. Aber am Schwimmbecken oder auf den Sandhügeln am Strand lauert der ANFANG beunruhigend am Rande des Kreises, wie jemand Unbeliebter, den Nichtbeachtung fernhalten kann. Gerade das Schweigen, gerade das Vermeiden jeder Vertraulichkeit zwischen uns, wo er mir doch, als er nur ein Wort war, schlaflose Nächte und ahnungsvolle Schauer bereiten konnte, ist um so gefährlicher.

Unsere scheinbare Distanz gewinnt an Stärke. Ich lehne mich teilnahmslos zurück und sage: Ich erkenne die menschliche Eitelkeit, oder bin voller Freude, weil eine Sanftheit zwischen ihm und ihr ist, oder empfinde sogar Ärger, weil er sie die ganze Arbeit machen läßt, faul dasitzt, während sie Holz für den Ofen hackt.

Doch nie geht er an mir vorbei, ohne daß jeder Tropfen Blut in mir sofort Haltung annimmt. Mein Kopf sagt mir zwar, daß diese Anspannung nur Gleichgültigkeit anzeigt, doch mein Herz weiß, daß keine echte Gleichgültigkeit je so voller Leidenschaft war. Eines Tages streifte er auf dem Pfad flüchtig meine Brust, und ich dachte: Ist ihm diese Fülle zuwider? Und ich ging in den Redwood-Wald, grübelnd und zornrot, weil ich so eindeutig den Stempel meiner Weiblichkeit trage und für Erniedrigung anfällig bin, schlimmer als die der Venus durch Adonis, einzig und allein aufgrund meines zufallsbestimmten, doch nicht zu übersehenden Geschlechts.

Ach, ich weiß, er ist der Hermaphrodit, dessen Liebe hinaufblickt in die Krone des Apfelbaums mit einem goldenen, unbestimmten Gesicht. Während wir abends auf der Straße dahinfahren und uns so unpersönlich unterhalten wie in einer Rundfunkdiskussion, erzählt er mir: »Ein Junge mit grünen Augen und langen Wimpern, den ich nie zuvor gesehen hatte, führte mich ins Hinterzimmer einer kleinen Druckerei, wo wir uns liebten, und zwei Wochen lang ging ich herum und versuchte mir die Zahlen auf den Mützen von Busschaffnern zu merken.«

»Man soll die Menschen lieben, egal welches Geschlecht sie haben«, erwidere ich, ziehe mich jedoch ins Dunkel zurück mit meiner ungebärdigen Schmach, beschämt durch mein eigenes Fleisch, das sich nicht in einen Druckerjungen mit Achselhöhlen wie Kelchen verwandeln kann.

Dann vergehen die Tage ohne auch nur soviel an Metaphernaustausch, und meine Zunge scheint in meiner Kehle zu verdorren an diesem unglücklichen Schweigen, und die Monde, die ungenützt auf- und untergehen, und die Sonnen, die unnütz den Pazifik schmelzen, treiben mich zu Tränen und hinaus zu meiner Wacht auf der Klippe am Ende der Halbinsel. Ich winke den ANFANG nicht herbei, dessen Eintreffen unsere Welt gewiß mit Blut besprengen wird, doch ich weine über eine solche Vergeudung des Lebens, das ich mit aller Gewalt in Schach halte.

Sein verkürztes Gesicht erscheint im Profil auf der Fensterscheibe des Autos wie das unregelmäßige Diagramm meines Geschicks, erbarmungslos wie ein Mathematiker, lüsterne Begleiterscheinung all meiner guten Vorsätze. Keine Arznei läßt sich finden unter den getrockneten Kräutern auf irgendeinem Hügel in der Natur, denn wenn ich diese aufwärts führenden Pfade beschreite, verschwören sich die niedrigsten

Ranken, meinem geheimen Plan Vorschub zu leisten, und der giftige Sumach schiebt mir seine Andeutungen unter den Fuß.

An der Stelle, wo der Hügel sich vom Meer abwendet und eindringt in die verborgene Feuchtigkeit verbotener Dinge, stehe ich und erforsche sachlich die Mittel und das Muster meines Schicksals. Es ist das Zeitlupentempo einer Guillotine im Vollzug, und ich sehe deutlich, daß kein Wunder die unmittelbar bevorstehenden Tode abwenden kann. Ich sehe es, schätze die Zeit ab, betrachte mit Gleichmut die äußeren Erscheinungen, aber ich bin so distanziert wie der Statistiker, wenn er seine tausend Todesfälle verzeichnet.

Wenn sein weicher Schatten, der jedoch nachts mit allen stacheligen Waffen der Schuld versehen erscheint, riesenhaft an die Scheibe geworfen wird, betrachte ich ihn wie von einer Loge im Theater aus, ein ständig vibrierendes Ich in der Dunkelheit. Ich schwöre mir Unverwundbarkeit, beurteile erbarmungslos seine Schwächen und frage mit dem Luxus der Geringschätzung, wer sich wohl in diese Falle locken läßt.

Doch dieser riesige Schatten ist mehr als mein einziger Mond, mehr noch als meine Zerstörung; er hat das unschuldige, unbemerkte Auftreten der nächsten Generation, die in einer Nacht der Seligkeit ihren Anfang nimmt und eine ganze Wiese klagender Milchmädchen zurückläßt, wenn ihr Zweck sich erfüllt hat.

Auch sehe ich, alle Einzelheiten beiseitegelassen, nicht das Gesicht eines Geliebten, der meine Koketterie oder meinen Trotz weckt, sondern den sanften Umriß eines jungen Mädchens. Und dies, obgleich anstößig, macht mich fähig zu verstehen, mich aus meiner Loge zu erheben, kraftvoll wie eine Kobra, und die Herrschaft zu übernehmen.

Er küßte meine Stirn, während wir abends die Küste entlangfuhren, und wie ein Damoklesschwert hängt nun dieser noch größere Kuß, der niemals gegeben werden darf, über meinem unrettbar verlorenen Haupt, wo immer ich hingehe. Er nahm meine Hand zwischen den zwei abgenutzten Vordersitzen des Ford, und es war dunkel, und ich schaute in die andere Richtung, aber nun wirft diese Hand überallhin einen Polypenschatten, dem ich nie mehr entrinnen kann. Die ungeheure Zärtlichkeit dieses Augenblicks löscht mich aus; die ganze Nacht galoppieren Zentauren mit ihren Hufen über mein Herz: das Gift ist in meinem Blut. Ich stehe am Rand der Klippe, doch die Zukunft ist schon besiegelt.

Es steht geschrieben. Nichts kann entkommen. Durch die Wellen zu treiben mit Seetang in meinem Haar oder zerschmettert an die unzugänglichen Felsen gespült zu werden, kann das Ereignis nicht rückgängig machen, das niemals eine Wahlmöglichkeit offenließ. O glückliche Daphne, reglos und grün, um so der Berührung eines Gottes zu entgehen! Glückliche Syrinx, die sich für eine Legende entschied anstatt für zu großes Blutvergießen! Für mich gab es keine Wahl. Es gab überhaupt keinen Scheideweg.

Ich bin eifersüchtig auf den Habicht, weil er sich so weit von der Welt entfernen kann, oder ich verfolge mit glühendem Neid die Möwe, die herabstürzt zu möglichem Stillstand. Die Trauertauben gurren grausam das über mich gefällte Urteil in den Wald. Sie sind die Henker, die das Urteil verkünden in der passenden Sprache der Liebe. Ich steige empor über die besitzgierigen Wolken, die über dem Meer hocken, doch das Gift breitet sich aus. Nackt warte ich . . .

Ich bin überrannt, gefangen in meinem Bett wie in einem Dschungel, ich werde heimgesucht von einer Menagerie von Begierden: an meinem Herzen frißt eine Taube, eine Katze krabbelt in der Höhle meines Geschlechts, die Jagdhunde in meinem Kopf gehorchen einem Führer, der nur zur Zerstörung aufruft, während die Stunden meine Geduld mit einer Reihe von Folterqualen auf die Probe stellen. Wenn ich riefe, wer würde mich hören aus dem Chor der Engel?

Ich bin weit, weit jenseits von jener Insel der Tage, wo ich einst, wie es scheint, einer Blume beim Wachsen zusah und die Schritte der Sonne zählte und, wenn meine Erinnerung mich nicht trügt, das lächelnde Tier zur festgesetzten Stunde fütterte. Ich bin durchbohrt von Wunden, welche Augen haben, die eine Welt ganz aus Leid sehen, für immer und ewig, soweit das Auge reicht und unheilbar, und Münder, die unaussprechlich hängen im Himmel aus Blut.

Wie kann ich wohlwollend sein? Wie kann ich Vogel-Erleichterung finden im täglichen Nestbau? Die Not verleiht keine samtene Schwinge, mit der man entkommen könnte. Ich bin wahrlich und tödlich durchbohrt von den Samen der Liebe.

Dann neigt sie sich über das Schwimmbecken, und ihr feuchtes dunkles Haar fällt herab wie das Leid, wie die Barmherzigkeit, wie der Trauerflor des Mitleids. Wenn sie nymphengleich am späten Nachmittag im Schwimmbecken sitzt, wird ihre rührende Schmächtigkeit überdeckt von einer Liebe, so sanft so vertrauensvoll so hartnäckig wie die Vögel, die ihre fortwährend geschändeten Nester von neuem bauen. Wenn sie bei einer Melodie, die ihr gefällt, fröhlich in die Hände klatscht, rührt es mich mehr, als ich ertragen kann. Sie ist die

Unschuld, die immer das Opfer ist. Sie ist die Göttin aller Dinge, die von der Energie des Lebens zerstört wird. Warum sind ihre Arme so leer?

In der Nacht stöhnt sie mit der Stimme des Flusses unter meinem Fenster, auf der Suche nach dem Kind, dessen Berührung sie einst spürte und nie vergessen kann: das Kind, das den Gesetzen des Lebens besser gehorchte als sie. Aber am Tage gehorcht sie der Stimme der Liebe, so wie die Leidgeprüften ihrem Gott gehorchen, und sie geht mit dem leichten Schritt der Hoffnung, den nur die Naiven und die Heiligen kennen. Ihre Schultern haben immer die Haltung des Leidens, und ihre mageren Brüste sind mitleiderregend wie ausgeraubte Marienschreine.

Wie kann ich mit ihr sprechen? Wie kann ich sie trösten? Wie kann ich es ihr besser erklären als den Blumen, die ich mit dem Fuß zertrete, wenn ich durch die Wiese gehe? Auch er neigt sich ihr zu in einer Haltung der Sorge. Kann er sein eigenes Herz hören, während er auf die Zartheit ihrer Gefühle horcht? Gibt es überhaupt eine Möglichkeit, das Lamm Gottes nicht zu verletzen?

Unter dem Wasserfall überraschte er mich beim Baden und gab mir, was ich genausowenig zurückweisen konnte wie die Erde den Regen. Dann küßte er mich und ging hinunter zu seiner Hütte.

Sprich mich los, betete ich zur Kathedrale der Redwoodbäume empor, und vergib mir, wenn das Sünde ist. Aber das frische Moos liebkoste mich, und das Wasser auf meinen Füßen und die Farne stimmten mir zu mit Koseworten: Mein Liebling, mein Liebling, leg dich nun zu uns, denn auch du bist Erde, die nichts als die Liebe besäen kann.

Und ich legte mich hin auf die Nadeln der Redwoodbäume und schien die Schlucht hinunterzufließen mit dem Donner und dem Getöse des Flusses, in einem Glück, das es sich leisten kann, wie die Geburt über das Blut und die Qual hinwegzusehen. Denn die Natur hat keine Zeit zu trauern, ganz in Anspruch genommen von der Welt, die sich dreht, und wird in verborgenem Ritual all ihre richtigen Prophezeiungen erfüllen, gleich welche Verheerung sie befällt.

Sanft erklärten der Sauerklee und die Taube die Zustimmung und führten mich zurück. Als ich aus dem Wald hinaus und auf den Hügel kam, hatte ich als Brautkranz Kiefernnadeln im Haar, und das Meer und der Himmel und die goldenen Hügel lächelten huldvoll. Jupiter ist bei Leda gewesen, dachte ich, und nun kann nichts den Trojanischen Krieg verhindern. Alle Legenden werden entstehen, wer aber wird lebend davonkommen?

Doch was können Sauerklee und Trauertaube, die sich nur mit den ewigen Dingen befassen, wissen von den dornenvollen gesellschaftlichen Verpflichtungen des menschlichen Lebens? Davon, wie der Druck der Stunden des Wartens, schweigend und untätig, den Kopf beschwert mit einem körperlichen Gewicht, das einen erstickt? Die einfachsten Freundlichkeiten des Alltags sind eine Qual, und die Kraft Samsons ist nötig, um seinem Blick auszuweichen, der mich anzieht wie die Schwerkraft.

Als Ausrede, um zusammenzusein, sitzen wir an der Schreibmaschine und schützen eine notwendige Zusammenarbeit vor. Er hat ein Buch zu tippen, doch die Wörter, die ich herauszubringen versuche, ersterben an der Luft und lösen sich auf in Küsse, deren Zusammensetzung um so tödlicher ist, als sie nicht ausgetauscht werden. Meine Finger können nicht tätig sein bei der Berührung eines Geräts, das so sehr mit ihm verbunden ist. Die Maschine steht wie ein Liebestempel zwischen den Blättern, die wir nie fertigstellen, und wenn ich nachts aufwache und ihre Umrisse in der Dunkelheit sehe, elektrisieren mich die Erinnerungen an gefährliche Nähe.

Die Enttäuschungen vergangener Verzögerung lassen sich nicht mehr unterdrücken. Reif hängen sie herab, um aufzuplatzen bei der Geburt jedes Augenblicks. Die Schreibmaschine ist schuldbewußt vor Liebe und blumig vor Scham, und sie spricht so laut zu mir, daß ich fürchte, sie könnte zufälligen Besuchern ihre Anstößigkeit verraten.

Wie das Leben stillsteht, und wie sich die Stunden unerträglich in die Länge ziehen. Wenn wir auf dem goldenen Gras der Klippe sitzen, besteht die Sonne zwischen uns auf einer Lösung, nach der wir vergeblich suchen, deren Dringlichkeit wir jedoch unerträglich spüren. Noch nie war ich in den Tod verliebt oder empfand Dankbarkeit, weil die Felsen dort unten den sicheren Tod versprachen. Doch nun wird die Vorstellung eines gewaltsamen Todes zu einem Akt, der in anziehende Melancholie gehüllt ist und mit allen Reizen zur Schau gestellt wird. Denn es liegt keine Schönheit im Zurückweisen der Liebe, außer vielleicht im Tod, und welcher Weg ist es, der zur Liebe führt?

Die Liebe zurückzuweisen und sie schäbig zu hintergehen, indem man vorgibt, was nicht vollzogen ist, bleibe ewig bestehen, oder daß sublimierte Liebe der himmlischen Liebe am nächsten sei, ist abstoßend, so wie das Gesicht des Heuchlers abstoßend ist, wenn es sich zu nahe an der Wahrheit befindet. Weiter weg vom Mittelpunkt der Welt, aller Welten, ließe ich mich vielleicht eher täuschen, aber kann ich das

Flämmchen eines Zündholzes sehen, während ich in den Armen der Sonne verbrenne?

Nein, meine Fürsprecher, meine Engel mit sadistischen Augen, das ist der Anfang meines Lebens — oder das Ende. So lehne ich mich zustimmend über den Cafétisch und gebe meine fünfzig Jahre auf mit einem lockeren Lächeln. Doch die Gewißheit meiner Liebe läßt sich nicht durch jedes zufällige Ereignis erschrecken, das Vernunft oder Mitleid heraufzubeschwören vermögen, und letzten Endes können wir nicht mehr tun als am Tisch sitzen, über dem sich unsere Hände kreuzen, und den Melodien der Wurlitzer zuhören, während die Liebe riesig und einfach zwischen uns steht und nichts weiter zu sagen ist.

* * *

So schrecke ich stündlich auf, beim leisesten Geräusch, bereit zu spüren, wie das Dach über meinem Kopf einstürzt und der Donnerkeil der Strafe Gottes die Grenzen seiner Duldsamkeit verkündet.

Sie schreitet leicht, wie das Kind, dessen tanzende Füße gewaltige Explosionen auslösen. Sie weiß nichts, doch wie die Herbstvögel spürt sie eine Ahnung in der Luft. Ihre Bewegungen sind nervös, es zieht in jedem Zimmer, doch weniger weise als die Vögel, die schon kleine Anzeichen auf Dreitausendmeilenflüge schicken, blickt sie nur ausdruckslos auf den Pazifik und findet es seltsam, daß der Himmel also doch keine kalifornische Küste hat.

Ich habe rauchen gelernt, weil ich etwas zum Festhalten brauche. Ich wage es nicht, ohne eine Zigarette in der Hand zu sein. Falls ich in die andere Richtung blicke, wenn die

Stunde des Verhängnisses schlägt, wie kann ich es dann verhindern, in Stein verwandelt zu werden, wenn ich mich nicht darauf besinnen kann, etwas zu tun, das mich zurückführt zur Einfachheit und Sicherheit des täglichen Lebens?

ES kommt. Der Magnet seines drohenden Fingers zieht jedes Haar meines Körpers an, das Vibrieren seines Nahens löst Küsse auf, verliert Wünsche in der aus den Fugen geratenen Luft. Die nassen Hände des nächtlichen Rizinusbaumes streifen mich, und ich schreie auf bei dem Gedanken, daß man mich schließlich eingeholt hat. Die Wolken ziehen über den Himmel, schwer und röhrenförmig. Sie ballen sich zusammen, und ich bin starr vor Schreck, wenn ich sehe, wie sie aus dem Berg einen langen schwarzen Regenbogen bilden und über dem Meer verschwinden. Das DING ist nahe. Man kann nichts tun, als sich zu ducken und Gottes Zorn entgegenzunehmen.

ZWEI

Gott, steig herab aus dem Eukalyptusbaum vor meinem Fenster und sag mir, wer ertrinken wird in soviel Blut.

Ich sah ihr Gesicht auftauchen aus den welkenden Geranien. Es war kantig vor Tränen, die ihre anhaltende Qual hätten verwischen sollen. Ihr Körper krümmte sich zusammen in Erwartung der Wunde, die ständig drohend über ihrem Kopf pendelte.

Doch ihre Augen durchbohrten alle Schleier, die meine Phantasie vor dem unheilvollen Wissen schützten, um auch mein Blut fließen zu lassen in dieser furchtbaren Lache der Geburt.

Gibt es keinen anderen Weg für meine Entbindung als ihr Martyrium? Zunächst registrierten meine Augen, was sie sahen, maßen dem Anblick jedoch keine Bedeutung bei. Ich hatte keine Beziehung zum Leiden. Indem ich alle Drähte des Verstehens durchschnitt, funktionierte ich wie ein normales Wesen und bewegte mich inmitten der Verwüstung, ohne sie wahrzunehmen.

Doch wer wäre gefeit gegen dieses künftige Gespenst in den Geranien, das das Mitleid in seinem gequälten Blick hält wie eine Zeitbombe? Was für eine Vergeßlichkeit könnte die Natur ersinnen oder welche Verbrecher der Rechtfertigung könntest du, Gott, dingen, um dieses Mitleid zu lindern, das mir die Kraft zum Durchhalten stiehlt?

Auf ihrer Verstümmelung breite ich meine Liebesleintücher aus, doch wer wird stolz sein auf das Hochzeitsrot, heraufsickernd zwischen den Schenkeln der Liebe, die sich erheben wie ein Koloß, doch deren Frucht nur der kalte Samen des Kummers ist?

Nicht Gott, sondern Fledermäuse und eine Spinne, die meine Schuld webt, halten das Rendezvous mit mir ein, und die Scham paart sich mit jeder September-Stubenfliege. Mein Zimmer hallt wider von den Schreien, die sie nie ausgestoßen hat, und unter meinem Fußboden machen sich die Ranken der Reue bereit, die Feuchtigkeit zu durchstoßen. Die Grille tropft unablässig Erinnerung in mein Ohr, damit ich nichts verlege aus dem teuflischen Bestand der Grausamkeit.

Die Falle ist zugeschnappt, und ich sitze in der Falle.

Doch es ist nicht Erlösung vom Schmerz, die ich ersehne, wenn ich Gott anflehe, meine verdorbene Sprache zu verstehen und einen Augenblick herunterzusteigen und sich auf meine kaputte Bank zu setzen. Wird etwas geboren werden aus all dem Blut, oder fordert nur der Tod seinen gierigen Preis? Strampelt ein Kind im dreieckigen Schoß?

Ich bin blind, doch das Blut, nicht die Liebe, hat mich blind gemacht. Die Liebe hat die Waffe erhoben und mein Verbrechen gelenkt, meine Glieder erstarren lassen, als ihre Qual, wie ein Ertrinkender, der das letzte Rettungsboot sichtet, sich aus dem Meer erhob und um Hilfe rief, und legt nun die dunkle Maske meines Verlangens über jenes eindringliche Gesicht.

Ich habe meine Tür abgeschlossen, doch das Entsetzen liegt draußen auf der Lauer. Der Eukalyptus schlägt gegen das Fenster, und ich höre das ganze heimgesuchte Europa vom Bach herauf klagen. Böse Geister erscheinen vor den schwarzen Fensterscheiben, schrecken nicht zurück vor den bleichen Kreuzen des Rahmens, denn jetzt geht Jesus Christus auf dem Wasser eines anderen Planeten, und nur das Blut der Geschichte strömt aus seinen alten Wunden.

Alle Schreie verhallen im Getöse des Sturms. Das Husten der Schafe in den vergessenen Hügeln von Dorset, der Soldaten im Giftgas, des zweijährigen Kindes mit Krupp wird zu einer einzigen Lawine des Unheils, die ertönt im Rauschen des Bachs und sogar ertönt unter dem gefühllosen Stampfen, das das Herz der Hure brechen kann.

Mit kalifornischen Krallen packt Amerika den Pazifik, und nun sammelt es seine Stimmen zu ungestümem Bitten. Sie tosen wie die Niagarafälle. Sie lassen die künstlichen Hügel erzittern. Der Sand der Katastrophe ist locker, und jede Brust trägt das Zeichen des Verhängnisses.

Doch die betrügerische Zikade erscheint, um Alles in Ordnung in Gottes Ohr zu lügen, das die Zeit so großzügig bemißt, und die Asseln wiegen ihre Babys unter dem Baumstamm. Die Angst liegt still, während sein Auge in ungeheuren Umdrehungen auf ferne und andere Welten fällt.

Und dann zwinge ich meine Eitelkeit, auf der Klippe zu stehen, und lasse ein Ich das andere betrachten, welche nur der Selbstmord vereinigen kann.

Tausend Fuß über dem Meer, wie sieht da mein bewunderndes Spiegelbild aus, durch dessen Haar die Fische des Todes schwimmen? Perlen und Luftblasen steigen vom Meeresgrund auf, machen eine hübschere Schlinge für den Tod, den letzten Schmuck der Selbstliebe, umtanzen das grausige Bild im Ringelreihen. Wenn wir zusammentreffen und ich diese Betrügerin in die Arme schließe, wird unsere Verschmelzung das Meer vergiften. Aber nicht heute nacht. Es ist kein Mond.

Bedroher des Lebens sind nur zu schrecklich, und sie, die ich verwundet habe und deren Qual ich zur Strafe mitansehen muß, liegt keuchend, doch noch am Leben auf dem Trockenen. Schlotternd wie ein Feigling, wage ich weder Leben noch Tod aus der gräßlichen Hand zu nehmen, die sie darbietet.

Unter dem Redwoodbaum grub man mir das Grab, und ich verführte meine wahre Liebe dazu, sich hinzulegen. Der Strom unsres Kusses legte einen Schiffahrtsweg um die Welt, auf dem die Liebe wie ein Flüchtling mit dem letzten Schiff fuhr. Mein Haar diente als Leichentuch und hielt die Coyoten in Schach, während wir mit der Anatomie unsere Geheimschrift schrieben. Die Winde brausten triumphierend, unser Rückgrat schien überbelastet, und unsere Knochen ächzten wie alte Bäume, doch ein Lächeln wie Spinnweben setzte sich fest am Eingang zur Höhle des Schicksals.

Die Angst wird ein schrecklicher Fuchs sein an meinen Organen unter dem Überkleid meines Verhaltens.

O Kanarienvogel, sing hinaus in den Sturm, beweis deinen gelben Stolz. Gib mir einen Anlaß zum Mut oder eine Möglichkeit, tapfer zu sein. Aber nichts Greifbares kommt, um meinen belagerten Verstand zu retten, und ich kann die Chiffre des Eukalyptus nicht entziffern, der gegen mein Dach schlägt.

Ich bin zermürbt von den Gegnern Gottes, und Gott ist außer Hörweite. Ich muß gute Geister aus meiner Hoffnung spinnen, um den Horden an meinem Fenster zu widerstehen. Wenn die, die hereinschauen, sehen, daß ich mich soweit herablasse, die Tür zu verbarrikadieren, dann wissen sie zuviel und drängen herein, um mich zu überwältigen.

Der Pergamentphilosoph pflegt keinen Umgang mit der Nacht und hat keine Vorstellung vom Preis der Liebe. Mit nebulosen Gedankenkreisen versucht er den Nebel zu bekämpfen und mit Anagrammen die Anatomie zu besiegen. Ich setze mich vergeblich mit seinen Waffen in Positur, obgleich ich entspannt bin durch seine Nikotinkräuter.

Mond, Mond, steig auf am Himmel, laß mich an Trost denken und an die Stunde, da ich Mut bewies.

* * *

Doch die sanften Blumen, imstande, ganz selbstverständlich zu sterben, erinnern mich an ihr Leid, deren Tränen alle Geister ertränken, und obwohl ich in meiner Qual von den windigsten Hügeln baumle, weinen mehr Engel um sie, deren verwüstete Liebe in alle Meere der Welt fließt.

Was war ihr lieb als Symbol, und wie schützte sie sich vor der Panik, als ihr Schiff den einen Monat alten Sturm verfolgte und sie den Krebs bekämpfte, den nagenden inneren Kummer um ihr verlorenes Kind? Ich habe ihr Herz zerbrochen wie ein Rotkehlchenei. Seine Zerstörung erreicht ihren begrenzten Horizont.

Was war euer Preis, Gabriel, Michael mit den helfenden Schwingen? Was für ein Flaschenzug des ungestümen Menschen zog euch im Nu hinauf, bis ihr in hilfloses Lachen ausgebrochen seid und euch nur von der Sonne genährt habt? War es der Lohn dafür, daß ihr erfolgreich gerungen habt mit einer Verzweiflung wie dieser?

Die Texte sind bedeutungslos, sie sind das Trugbild des Feindes. Mein Fuß tanzte irrtümlich über die Hilflose und vergoß kein Blut zur Milderung meiner Metzelei. Mein Schmerz war nicht groß genug, um meine Schuld zu lindern. Sagt mir, wie ich büßen soll, ihr Tauben im Eukalyptus, die ihr mit Donnerstimme sprecht von zukünftiger Rache. Sagt mir, dieser Schwall ist der Bote meines Wunders.

Mein Herz zerstört sich selbst. Es schlägt im giftigen Rhythmus der Wahrheit.

Ein nasser Flügel fegt die zitternde Nacht hinweg, und der Morgen haucht kühle Überlegung in meinen Gespenster erwartenden Kopf. Die Ranken geben sich gesellig, schmeicheln Grün ein mit Kinderfingern. Der kraftlose Eukalyptus steht hager da.

Doch schwach wie die Hoffnung und gewiß wie der Tod leuchtet mein möglicher Phönix der Liebe wie ein Totempfahl, am Morgen, am Himmel, atmend wie ein Arbeiter, der sich an eine Aufgabe macht.

DREI

O das Wasser der Liebe, das alles überschwemmt, so daß es nichts gibt, wohin das Auge blickt, das nicht davon bedeckt wäre. Es gibt keine Seite, von der sich die Welt zeigt, die die Liebe in meinem Blick nicht in ein Symbol der Liebe verwandeln kann. Selbst die exakte Geometrie seiner Hand löst mich in Wasser auf, wenn ich sie ansehe, und ich fließe davon in einer Flut der Liebe.

Alles fließt wie der Mississippi über eine verwüstete Erde, deren Durst unstillbar ist und die die Flüssigkeit mit Wasserfällen der Dankbarkeit vermehrt; die ein Loblied erhebt, um alle Zweifler für immer ertauben zu lassen; um ihre beschämten Trommelfelle zerspringen zu lassen durch das Tosen des Beweises, lauter als Bomben oder Schreie oder das innere Ticken der Reue. Die giftigen Fluten von Blut, die ich vergoß, haben alle keinen Einfluß auf diese Gezeiten der Liebe.

Aber wie kann ich die notwendigen täglichen Handlungen verrichten, wenn eine so intensive Verschmelzung die Welt in Wasser verwandelt?

Die Überschwemmung zieht all meine Werkzeuge aus dem gewöhnlichen Verkehr. Ich starre verständnislos bei der simpelsten Frage eines Fremden, stehe da wie verhext, mit einem halben Lächeln, wie eine Idiotin, fühle, wie diese feurige Flüssigkeit sich aus meinen Augen ergießt.

Ich bin besessen von der Liebe und habe keine andere Wahl.

Wenn der Ford zum Eingang heraufholpert, fünf Minuten (fünf Jahre) zu spät, und er über den Rasen unter den Pfefferbäumen geht, stehe ich hinter den Gazevorhängen, unfähig, ihm entgegenzugehen oder zu sprechen, während ich mich in Flüssigkeit verwandle, um in jede seiner Öffnungen einzudringen, wenn er die Tür aufmacht. Unbeirrbarer als das Vogeljunge, das nur aus einem Schlund für sein einziges Bedürfnis besteht, schließe ich die Augen und erbebe in der Vorfreude auf den Himmel wirklicher Berührung.

Wenn wir in der Nähe des Schwimmbeckens in der Sonne liegen, kommt er durch die Bambussträucher wie Land, das aus dem Chaos auftaucht. Aber ich bin das Land, und er ist das Antlitz auf dem Wasser. Er ist der Mond auf den Gezeiten, der Tau, der Regen, alle Samen und aller Honig der Liebe. Meine Knochen sind zermalmt wie die Bambusbäume. Ich bin die Erde, durch die die Pflanzen wachsen. Doch wenn sie sprießen, werde auch ich ein Gott sein.

Und es gibt so viel für mich, ich bin plötzlich so reich, und ich habe nichts getan, um es zu verdienen, um so überhäuft zu werden. Alles nach einer solchen Wüste. Alles, nachdem ich gelernt hatte zu sagen: Ich bin nichts und ich verdiene nichts.

Die dichten Kiefern lassen runde Zapfen fallen; die zerzausten Palmen, denen die Hosen über die Stämme rutschen, sagen:

Es ist passiert, das Wunder ist geschehen, alles beginnt heute, alles, was du berührst, wird geboren; der neue Mond, begleitet von zwei riesigen Sternen; der sonnige Tag, der sich mit einem Leuchten in Heiterkeit auflöst; all das Zubehör der Existenz, all meine traurigen Gefährten dieser letzten zwanzig Jahre, die Töpfe und Pfannen in Mrs. Wurtles Küche, das Band der Straßen, verwelkte Geranien, dünne

Kinderbeine, die ganze Welt umwirbt mich mit Freude, stürzt sich elektrisierend auf mich, erhebt endlich Anspruch auf ihre Geburt.

* * *

Wenn wir uns losreißen von der Nacht und in die Küche kommen, sagt Mrs. Wurtle: »Die Liebe, hm?«, aber sie lächelt, sie wendet den Kopf ab, und wenn wir uns hinter ihrem Rücken küssen, während wir ihr beim Abtrocknen helfen, sagt sie: »Ach ihr zwei Turteltauben, hinaus mit euch!«

Was wird geschehen? Nichts. Denn alles ist geschehen. Alle Zeit ist jetzt, und besser kann es die Zeit nicht machen. Nichts kann je mehr jetzt als jetzt sein, und davor war nichts. Es gibt keine unbedeutenden Tatsachen im Leben, es gibt nur die eine, ungeheure.

Wir können die Welt in unsere Liebe einschließen, und keine Behelligungen können sie zerstören, nicht einmal Neid.

Mr. Wurtle, der spätabends auf dem Sofa sitzt, fragt im Verhörston: »Dann behaupten Sie also, daß es die Liebe gibt?« Ich lehne mich an den Polster, schwach von diesen wenigen Stunden der Trennung, aber ich seufze: »Ja, o ja«, und dann schildert er, wie wenn er andere Welten beschriebe, winzige, so klein, daß ich sie voll Mitleid auslösche, seine geheimen Liebesverhältnisse, geht leichtfertig um mit dem Wort, das im Anfang war.

Doch das Rauschen meiner inneren Meere, der blendende Glanz dieser umwälzenden Geburt der Liebe in mir, kann nicht deutlich hören, was er sagt. Eine Reaktion zeigen ist so, wie wenn man jemanden aus tiefem Schlaf weckt, der weiterschlafen will. Ich lächle, aber ich bin in Trance, es existiert nichts außer der Liebe.

Aus seinen hinterhältigen Worten höre ich nicht den Anfang des Zwiespalts der Welt heraus: den Haß der Mittelmäßigen auf alle Wunder. Ich will nur, daß alle weggehen und mir tausend Leben zurücklassen, in denen ich nachsinnen, nichts als nachsinnen kann über diesen Zustand der Erfüllung.

Man hielt mich so lange zum Narren. Der Sinn flatterte über meinem Kopf, immer außer Reichweite. Nun ruht er in mir. Er hat den Mittelpunkt des Kreises durchdrungen. Ich liebe, liebe, liebe — aber er ist auch alles: die Nacht, der immer neue Morgen, die hohen Weihnachtssterne und Hortensien, die Zitronenbäume, die herrschaftlichen Palmen, das Obst und Gemüse in prächtigen Reihen, die Vögel im Pfefferbaum, die Sonne auf dem Schwimmbecken.

Da ist kein Platz für Mitleid, mit irgend etwas. In einem blutenden Herzen würde ich nur Freude finden am satten Rot.

Einst schlich ich sehnsüchtig durch düstere Straßen, mich verzehrend nach dem Unbekannten, in der Hoffnung, unbemerkt vorbeizuschlüpfen in meinem reizlosen Kleid und den abgetretenen Schuhen mit den hohen Absätzen, in der Hoffnung, so verstohlen darauf zu stoßen. Aber ich hatte Angst, ich war schüchtern, und ich glaubte nicht, ich hoffte. Ich dachte, es würde sein wie ein Vogel in der Hand, nicht wie ein wildes Meer, das mich behandelte wie Treibgut.

Aber ich bin ein Teil der Erde geworden. Ich bin eine ihrer Wellen, die fluten und springen. Ich bin nun dieselbe Melodie wie die Bäume, die Kolibris, der Himmel, die Früchte, das

Gemüse in Reihen. Ich bin alles und jedes davon. Ich kann mich nach Belieben verwandeln.

Braucht ihr Freude oder Liebe? Seid ihr nasse Blätter in einem verlassenen Hof? Seid ihr einsam oder durchfroren oder ausgehungert oder gelähmt oder blind? Da, nehmt, noch und noch und im Überfluß!

Macht daraus Bettsocken, Teewärmer, Kissen gegen die Kälte, denn diese Elektrizität gibt beständige Wärme und kann alles durchdringen und mit einem Schlag eine neue und anbetungswürdige Welt errichten. Dies ist das Heute. Dies ist es, wohin alle Straßen, alle Füße strebten. Wo sind die Probleme und Leiden und Irrtümer der Welt? Ich bin wie ein Schiffbrüchiger und so unwissend und verwirrt wie an dem Tag, als ich das erste Mal mit Algebra zu tun hatte.

Es gibt keine Probleme, keine Leiden oder Irrtümer: Sie stimmen ein in das inbrünstige Lied, das alles singt. Das ist der Zustand der Engel, die ihre Stunden einzig und allein damit verbringen, dem Herrn ein Loblied zu singen. Nur daliegen und genießen ist Leben genug. Ist genug.

Selbst in kurz besuchten Cafés und Hotels oder im Halbdunkel von Gasthäusern erlangen der schmachtende Gesang von Bing Crosby aus einer Jukebox und der mit den Gläsern klirrende Barmann vollendete Individualität, eine hohe runde, für sie charakteristische Note, so daß ich vor Dankbarkeit über dieses Geschenk den Tränen nahe bin.

Und schon seine Hand unter diesen abgenutzten Tischen oder wenn sie mich über Stoppelfelder führt, macht mein Glück so unerschöpflich wie das Meer und so warm und tröstlich wie den Schoß.

Als ich eine Schar Katzen sah, die sich an einer Eisenbahnendstation versammelten, um einen in die Nähe der Geleise geworfenen Fischkopf zu fressen, fühlte ich: Es ist die verschwenderische Fülle meiner Gefühle, die sogar die herrenlosen Herumstreuner nährt. Es gibt nicht zu viele Trauernde oder Verwundete, als daß ich sie nicht zu trösten vermöchte, und jene 5 000 000, die ihre Füße und Bündel und Babys mit aufgeblähten Bäuchen unaufhörlich quer durch Europa schleppen, sind nicht zu viele oder zu unwissend, als daß ich nicht sagen könnte: Hier ist eine Welt der Hoffnung, ich habe eine ganze Welt für jeden von euch übrig, wie eine reiche Dame, die auf dem Weihnachtsfest der armen Kinder Säcke mit Zuckerwerk verteilt.

Ich kann die ganze Mojavewüste in ein Wort der Inspiration hineinpressen oder ganz Amerika auffordern, meinen Launen zu gehorchen, so wie den Kellner, der dasteht, um meine Bestellung entgegenzunehmen. Ich bin trunken vor Macht und Unverwundbarkeit.

Nehmt alles, was als beneidenswert gilt: die Silberbürsten mit meinem Namen, das lange Kleid, das Auto, die hundert Freier, die innere Sicherheit in einem Restaurant — ich bin immer noch reicher, als das habgierigste Herz sich vorstellen kann, vermag selbst die verkniffenste Miene mit meinem überströmenden Wohlwollen zu überschütten. Nehmt alles, was ich habe oder haben könnte, oder alles, was die Welt zu bieten hat, und ich bin immer noch Kaiserin eines neuentdeckten Landes, der es weder Kolumbus noch Cortez hätten gleichtun können, nicht einmal in dem sie beflügelnden Traum.

Leg mich wie ein Siegel auf dein Herz, wie ein Siegel an deinen Arm, denn stark wie der Tod ist die Liebe.

VIER

Doch an der Grenze zu Arizona hielten sie uns an und sagten Kehrt Um, und ich saß in einem kleinen Raum mit vergitterten Fenstern, während sie tippten.

In welcher Beziehung steht dieser Mann zu Ihnen? (Der Geliebte ist mein, und ich bin sein; er weidet in den Lilien.)

Wie lange kennen Sie ihn schon? (Meinem Geliebten gehöre ich, und mir gehört der Geliebte, der in den Lilien weidet.)

Haben Sie im selben Zimmer geschlafen? (Schön bist du, meine Freundin, ja, du bist schön. Zwei Tauben sind deine Augen.)

Im selben Bett? (Schön bist du, mein Geliebter, verlokkend. Frisches Grün ist unser Lager.)

Fand Geschlechtsverkehr statt? (In seinem Schatten begehre ich zu sitzen. Wie süß schmeckt seine Frucht meinem Gaumen!)

Wann fand zum ersten Mal Geschlechtsverkehr statt? (In das Weinhaus hat mich der König geführt. Sein Zeichen über mir heißt Liebe.)

Hatten Sie vor, in Arizona Unzucht zu begehen? (Mein Geliebter ruht wie ein Beutel mit Myrrhe an meiner Brust.)

Schön bist du, meine Freundin, ja, du bist schön. Zwei Tauben sind deine Augen.

Weg von dort! schrie der Wachebeamte, als ich neben dem Türspalt weinte.

(Der Geliebte ist mein.)

Versuchen Sie bloß keinen Unsinn, schrie der Wachebeamte, damit machen Sie Ihre Lage nur schlimmer.

(Mit Küssen seines Mundes bedecke er mich.)

Bleiben Sie, wo Sie sind! schrie der Wachebeamte und schlug zu.

Sie bringen mich in einem Polizeiauto weg. Die Frau des Polizeibeamten sitzt steif auf dem Beifahrersitz. Sie klagen mich an wegen Schweigens und wegen Liebe.

Die Wärterin sagt: Geben Sie mir Ihr Armband, kein Schmuck erlaubt. (Der Geliebte —.) Sofort. Und Ihren Ring. (Der Geliebte —.) Und Ihre Tasche. All die ordinären Schminksachen, die Sie bei sich haben! Kein Wunder, daß Sie hier gelandet sind. (Stärkt mich mit Traubenkuchen, erquickt mich mit Äpfeln.)

Die Augen der eifersüchtigen Welt spähen durch das Guckloch in der Tür, in den Augen des Wärters. Doch noch immer ist die einzige Folter seine Abwesenheit.

An der Wand steht mit einem Nagel eingeritzt: »Wenn du hier je rauskommst, befolge meinen Rat Sei Brav.«

Ist er unter meinem Fenster mit einer Tränenserenade?

Als sie uns trennten, sahen sie, wie ich mein Knie an seines preßte, sie fingen unsere Blicke ab, weil etwas in unseren Augen war.

Wozu leben Sie dann?

So was interessiert mich nicht, sagte der Polizist, ich bin Familienvater, ich bin beim Rotary Club.

Auf den Stufen des Gefängnisses fanden wir einen weißen Vogel. Meine Taube im Felsennest, versteckt an der Steilwand an den verborgenen Stellen der Treppe. Es ist der Vogel der Freiheit draußen in der Kälte, ein Vogel ohne Vollmacht, ohne Einfluß. Sein Herz schlug gegen den Daumen meines Geliebten, und auch er weinte, in der Telefonzelle.

Der Inspektor hielt alles fest mit sechs Durchschlägen. Was für ein Lump, sagte er, und das Mädchen ist eine religiöse Fanatikerin.

Als ich der Wärterin für das Frühstück dankte, sagte sie: Schweigen Sie! Es ist Ihnen nicht erlaubt zu sprechen.

Der Pfefferbaum vor meinem vergitterten Fenster welkte vor grüner Liebe. Wie konnten sie einen so eindeutigen Beweis sehen und es immer noch nicht glauben? Es ist verboten, sagte die Frau, das untere Fenster zu öffnen.

Lassen Sie es sich eine Lehre sein, sagte der Inspektor, und Mr. Wurtle sagte: Sie hätten in verschiedenen Hotels absteigen sollen, Sie hätten in verschiedenen Ländern leben sollen, Sie hätten in verschiedenen Epochen geboren werden sollen, in verschiedenen Welten, dann wäre das alles nicht passiert.

Sind alle Amerikaner keusch? Alle, von Gesetzes wegen. Jeder trägt sein Schwert an der Hüfte gegen die Schrecken der Nacht. (Des Nachts auf meinem Lager suchte ich ihn, den meine Seele liebt.)

Aber es gibt doch den Klappsitz im Auto, das in einer Straßenbiegung geparkt ist? Aber keine Berge von Myrrhe. Nein. Und keine Hügel von Weihrauch.

Nimm Vernunft an, Salomon, hör auf mit dem Quatsch. Tritt einem Klub bei. Sei dicke mit der Clique.

Alles ist niedergeschrieben. Es sind vierzehn Seiten mit je sechs Durchschlägen. Sie fliegen über den Kontinent wie unheilverkündende Vögel und werden in Akten liegen, um mir meinen Seelenfrieden zu rauben. Jeder, der Beziehungen hat, kann sich einschleichen und ansehen, was ich sagte in der

Stunde höchster Not und nach zehnstündigem Verhör. Die Wahrheit, die reine Wahrheit und nichts als die Wahrheit, während Pontius Pilatus sich auf die Rückenlehne meines Sessels stützte, während dreißig Millionen Kinofans mir schlaue Ratschläge zuriefen und die Liebe, ach, die Liebe, hungrig im Ford unter der Wüstensonne, mich blendete und verwundete und auseinanderriß.

Überzeugt Sie das nicht, Herr Inspektor? Glauben Sie nicht an die Liebe?

Er feixte. Die Liebe? Ach, ich kenn mich aus, Sie brauchen mir nichts zu erzählen.

Aber sind alle Amerikaner jungfräulich und treu bis an ihr seliges Ende? Auf Parties, Herr Inspektor, auf Parties, das wissen Sie doch?

Sie brauchen mir nichts zu erzählen, sagte er, ich kenn mich aus.

Aber Sie, Herr Inspektor, Sie selber?

Ich habe keine Befugnisse, sagte er, ich bin nur ein Rädchen im Getriebe, ich tue nur meine Pflicht.

Aber es geht Ihnen doch um Gerechtigkeit, Herr Inspektor, sonst wären Sie doch nicht, wo Sie sind?

Ich mache die Gesetze nicht, sagte er, das hängt nicht von mir ab, ich habe keine Befugnisse. Er lächelte, aber er hatte Angst vor seinem Lächeln und ging weg mit einem dünnlippigen Mann und las die Briefe, die wir geschrieben hatten.

Es sind nur literarische Briefe, sagte ich, über Dinge, die wir beide mochten.

Aber Sie sind Kommunistin? sagte er.

Nein.

Aber Sie haben an kommunistischen Aktivitäten teilgenommen?

Nein.

Sie haben Freunde, die Kommunisten sind?

Nicht mehr als andere.

Er bereute sein Lächeln und war daher streng. Der dünnlippige Mann war bleich vor Haß auf unsere Mienen befriedigten Verlangens. In der Dämmerung schlich er durch die Straßen, um das Hotel zu benachrichtigen.

Die zwei Polizisten, die uns verhaftet und aus der Wüste geholt hatten, saßen nebeneinander auf einer Bank, wie kleine Schuljungen, geschniegelt und gebügelt und ganz manierlich, um zu ihren Ehefrauen und ihrem ruhigen Familienleben und ihrem Abendessen zurückzukehren, während wir zuerst in Verwirrung und dann ins Unglück stürzten wegen ihrer Marotte an der Grenze von Arizona.

Wir sind Familienväter, sagten sie. Die Liebe ist uns nicht so wichtig.

Aber was ist dann im Leben wichtig, was hat es für einen Sinn? Sie rümpften die Nase. Der dünnlippige Mann spähte um die Ecke und notierte in seinem Bericht: Sie versuchte, unsere Männer zu verführen.

Sie dürfen sich verabschieden, sagte der Inspektor, der gelächelt, doch das Brecheisen seiner Vermutungen zwischen unsere Münder gezwängt hatte. (Milch und Honig ist unter deiner Zunge.) Lassen Sie es sich eine Lehre sein, sagte er.

Als ich weinte, als ich endlich laut weinte, zeigten sie ihre Zufriedenheit, alle fünf, und rieben sich die Hände, und ihre zweitägige Arbeit war getan.

Mein Geliebter, meine Taube, mein Makelloser, geh zu Diogenes in die Telefonzelle und wähle eine Nummer, die jemand verstehen wird. Es war die Einkommenssteuer, die Al Capone erledigte. Wo liegt jetzt das Problem?

O sein verlorener Blick in der Wüstenstadt, als er allein die Straße überquerte, mit hängenden Schultern, während sie mich im Polizeiauto wegbrachten. Das kann doch nicht, kann doch nicht wahr sein, dachte ich. Wegen zuviel Liebe, nur wegen zuviel Liebe.

Wer ist für uns, wenn sie so verbissen gegen uns sind? All unsere Wünsche waren privat, wir verlangten keinen größeren Spielraum als uns selbst. Konnten wir die Jugend verderben, indem wir einander in die Augen schauten? Würden sie ihre Büros verlassen? Würde die Wirtschaft darunter leiden?

»Sie haben sie sich zu Feinden gemacht«, sagte Mr. Wurtle. »Sie haben sich dumm verhalten. Das alles hätte nicht passieren müssen. Sie hätten ihnen Honig um den Mund schmieren, ihnen um den Bart gehen sollen. Sie hätten nicht soviel reden sollen.«

»Aber sie haben mich gezwungen zu schwören —.«

»Eine Formalität.«

»Aber Sie haben den Begriff der Wahrheit ins Spiel gebracht —.«

»Was ist Wahrheit?« sagte Mr. Wurtle. »Diese Typen von der Bundespolizei sind stur.«

FÜNF

Und so, auf dem Weg zurück nach Kanada durch den Herbstsonnenschein, blicke ich jetzt heimwärts und schmelze, denn wenn ich auch gekrönt und gesalbt bin durch die Liebe und alles im Leben erreicht habe, was ich mir wünschte, was bin ich denn anderes beim Eintritt ins Haus meiner Eltern als eine weitere verlorene Tochter? Ich sehe ihre Gesichter, die ich nie werde leidenschaftslos anblicken können. Sie starren aus dem Fenster mit Augen, gequält von dem, was sie ständig zu sehen befürchten, wie ihre eigenen Geister, die über die Ebene heimwärts wandern.

Und ich, die ich die Welt in der Tasche habe, kann ihnen nichts bringen, um ihre Enttäuschung zu mildern oder ihre Zuversicht zu belohnen, sondern sie nur erneut anflehen um das gemästete Kalb, das sie schon so oft und so vergeblich schlachteten. Die Vorstellung der Eltern baut Gerüste aus ihren eigenen Hoffnungen und Enttäuschungen, in welche Kinder selten hineinwachsen, sondern aus denen sie sich, widerspenstig wie Bäume, seitwärts hinauslehnen, gebeutelt von einem schicksalshaften Wind, mit dem ihre Eltern nie gerechnet hätten.

Aber das alte Gold der Oktoberbäume, die verkrüppelten Zedern, der Horizont, die kühlen Wasserläufe mit ihren roten Weidenpeitschen berauschen mich und bekräftigen meine Überzeugung von dem, was ich getan habe, beanspruchen mich wie eine unanfechtbare Mutter, die sagt: Was kann man machen, was kann man machen, mein Liebling. Die gewaltigen Felsen ragen auf und bestehen auf dem Glauben an sie, da sie noch stehen, obwohl Babylon untergegangen ist, geformt, doch nie bezwungen von der Zeit, die aus der Ewigkeit fließt. Kann ich weniger als Mitgefühl erwarten von jenen, die solche Dinge sehen, wenn sie am Morgen ihre Vorhänge zurückziehen? Wenn ich gegen diese Erde geworfen werde, pralle ich zurück wie Antäus, neu aufgeladen mit Hoffnung. Jedes gelbe oder scharlachrote Blatt hängt da wie eine Fahne und winkt mich weiter. Die braunen liegen auf dem Boden wie tausendmal tausend Zeugen der Einfachheit der Wahrheit.

So wird vielleicht die Liebe die Erwartungen im Blick meiner Eltern überstrahlen; oder meine Not verleiht mir Redegewandtheit und läßt auch sie vor Erbarmen schmelzen; vielleicht schreitet das Verständnis jetzt in jedem Verkäufer die Sparks Street hinunter und tilgt Verschulden, das vor General Wolfe begann; oder ein freundlicher Blick erreicht mich in Honey-Dew-Cafés, wenn ich die Tür öffne.

Da ich niemanden um Verzeihung bitte für Sünden, die einzugestehen ich mich weigere, warum weine ich dann, wenn ich heimkehre in ein Land, das ich liebe wie einen Geliebten? Von weitem spähen diese Gesichter mit ihren Gebeten wie Wunden aus dem Fenster, starr vor Angst, doch bereit, mich mit Liebe zu begrüßen. Das Geräusch ihrer Schritte, die vor dem Kamin auf und ab gehen, birgt allen Schmerz der sich drehenden Welt in sich.

O Absalom, Absalom, vergeh vor Reue.

Aus Kalifornien kommend, das kein Bedauern kennt, peitscht mich der nahende November mit der Leidenschaft des vergehenden Jahres. Und nach der Gier, die bereits dabei ist, einen Teil des amerikanischen Gesichts zu Stein werden zu lassen, bilde ich mir ein, daß Güte und Freundlichkeit mir aus Eisenbahnfenstern entgegenblicken. Zweifellos hat der Gepäckträger, der meine Taschen trägt, aus seiner Mühsal eine geistige Erkenntnis gezogen. Zweifellos verleiht diese Annahme einer unbedeutenden Funktion menschliche Würde.

Und über den ausbleichenden Holzhäusern ahne ich die Erinnerung an die Leidenschaft der Erstsiedler und die Entschlossenheit der frühen Staatsmänner, die mild, doch voll persönlicher Eigenart waren und fähig, auf Shakespeare anzuspielen, während sie unter den Ulmen über Politik redeten. Kein großartiges Neongesicht hat ihre unbedeutende, doch denkwürdige Geschichte überlagert. Und das Blut der frühen Siedler, vergossen in Fehde und Heldentum, ist auch noch nicht von einer Coca-Cola-Firma in Flaschen gefüllt und als Zehn-Cent-Brauch verkauft worden.

Die Gesichter, die verblichenen Häuser, die Herbstluft, all das sind verheißungsvolle Vorzeichen für die verlorene Tochter. Aber während ich mich an das Eisenbahnfenster lehne, trunken von der Hoffnung, die alles noch nicht Begonnene immer einflößt, entsinne ich mich meiner vergangenen Besuche: Behalte dieses Bild, bete ich und presse meine Stirn an die Scheibe: die Gesichter sind freundlich; die Menschen haben Respekt; die Vögel versammeln sich in Scharen, um fortzuziehen, und zeigen unvermeidliche Veränderung an: und wenn deine Augen sich betrübt verengen, weil du den Neid derer bemerkst, die zu Hause geblieben sind, dann denk daran, daß dies nicht die Hervorhebung von etwas zufällig Malerischem ist, sondern ein Warten, unbewußt wie das des Neugeborenen, daß die zukünftige Geschichte sich an ihm erfüllt.

Und wenn dieser anfängliche Rausch auch vergeht, so denk daran, daß diese Dinge dich in jener Stunde zu Tränen rührten und aus einem Blick aus dem Speisewagenfenster einen Reichtum machten, der nicht zu ertragen war.

SECHS

Als ich mich im Büro meines Vaters in den Drehstuhl setzte, mit der wuchtigen Symbolik seines Schreibtisches zwischen uns, begriff ich, daß ich mich nie würde verteidigen können. Was hatte ich zu meiner Verteidigung außer einem einzigen kleinen Wort, das ich nicht auszusprechen wagte, weil Jazzsänger und scheinheilige Prediger und Briefkastentanten es so mißbraucht hatten.

»Liebe? Dummes Zeug!« würde meine Mutter sagen. »Was zählt, sind Rechtschaffenheit und Anständigkeit und die geltenden Verhaltensnormen.« Aber ihre Augen saßen in ihrem Kopf wie mittelalterliche Wilde und klammerten sich an ihre dahinschwindenden Tage, die ihnen keine Ruhe brachten.

Doch von meinem Vater hatte ich mir mehr erhofft. Er konnte seine Gedanken vor einem ausbreiten wie das Beweismaterial eines Rechtsfalles. Aber wenn er Gefühle aufkommen sah, lächelte er gequält und rutschte auf seinem Drehstuhl hin und her in der Hoffnung, es würde vorbeigehen: »Bist du nicht vielleicht ein wenig besessen davon?«

Und dann marschierte die ganze Parade der Ungläubigen vorüber: die höhnischen Polizeirohlinge, die versteckten Anspielungen Mr. Wurtles und seine stichelnden Bemerkungen — »Dann behaupten Sie also, daß es die Liebe gibt?« —, die wohlmeinenden Matronen, die aus ihrem abgeschotteten Leben heraus sagen: »Liebes Kind, ich glaube, Sie würden es hinterher bereuen, wenn Sie eine Ehe zerstören«, »Als Sie merkten, daß es passieren würde, wäre es das Richtige gewesen, sofort wegzugehen«, und ständig Bataillone von Blinden, die Plakate mit der öffentlichen Meinung trugen: »Wenn er Geld braucht, warum sucht er sich dann keine Arbeit?«, »Was weiß einer von Liebe, der sein Land im Stich läßt in der Stunde der Not?«

Lieber Gott, wie mitfühlend die gefrorenen Chaudiere-Wasserfälle unter dem Dezemberhimmel wirken, verglichen mit diesen unerbittlichen Gesichtern. Selbst der Schnee ist ein Schutz für die nächste Generation, die noch schläft. Sie, die von einer größeren Liebe reden, was ist unter der ungeheuren Kälte ihres Blicks? Sie wärmen keine Knospe der Menschlichkeit unter dieser Fassade, denn es ist keine Fassade.

Ich bin der grüne Kobold aus der Sage, der an die Häuser klopft und um Brot bittet, um herauszufinden, wer gütig ist. Aber alle leiden selber Not, keiner ist gütig. »Ich spare mein Geld für das Rote Kreuz. Was für eine Kriegshilfe leisten Sie, mein Kind?«

Geh, mein kleiner Bruder, auf daß mehr und besseres Blut fließe und mit nachlässigem Gewissen aufgewischt werde. Er hat sich das Haar scheren lassen wie ein Sträfling und nimmt scherzend an blutrünstigen Spielen teil: »Ich habe den Mann nie kennengelernt, aber er scheint mir ein Lump zu sein.«

Haben Sie gewußt, daß 11 000 Gesichter, gleich dem Christi, im Bundesgefängnis immer schmaler werden? Sie hatten kein Geld und keine Gewehre, und ihre Hosen hatten keine Bügelfalten. Der Polizist wird jeden Tag fetter und macht den neuen Panzern Konkurrenz. Er füllt den ganzen Türeingang des kleinen Cafés aus. Ein Paar, das ihn sieht, verschüttet die Milch am Schanktisch, weil sie daran denken, was sie die Nacht zuvor unter der Brücke taten.

Aber der Polizist ist blind. Er schlägt nur zu, wenn er ein lautes Geräusch hört. Es gibt jedoch andere, die Augen haben wie gerissene Gauner, und sie schleichen auf der Straße herum, auf der Suche nach einem Gesicht, auf dem sich ein verbotener Kuß formen könnte.

Nein, die Liebe hat keinen Verteidiger, und Tränen verschlimmern das Verbrechen nur. Sei vernünftig. Sei normal. Du bist ein kluges Mädchen. Du hast Hirn. Geh und mach etwas aus dir.

Es soll also keine Trauerfeierlichkeiten geben. Es soll nicht erwähnt werden, was die Welt hätte bezwingen sollen, und nach der Welt den Tod. Nicht einer von all den Märtyrern, die an jeden Baum der westlichen Halbkugel genagelt wurden, wird Gnade finden vor dem abschätzigen Blick des Chefredakteurs. Auf der Rätselseite, um eine Lücke zu füllen, vielleicht vier Zentimeter über die, die gezwungen wurden zu sterben. Der Butterpreis ist um vier Cents gestiegen. Der Mensch ist tief gesunken.

Denk an Ottawa am Silvesterabend, still unter dem Schnee, und du schnittest mit Mandelentzündung deine Neujahrswünsche entzwei.

Meine Mutter sagte: Nein! Ich will nichts mehr mit dir zu tun haben!, als ich zum Abschied die Hand ausstreckte; und mein Vater sagte am Telefon: Laß mich wissen, wo du bist, müde und kurz angebunden; aus deiner entzündeten Kehle sagtest du: Sei nicht unfair zu mir, nur weil ich Schleim spucke. *Du* hast mir am meisten Unrecht getan.

Wohin wollten wir damals? Überallhin, wo wir zusammen

und allein sein konnten. Ein solcher Wunsch erregt Anstoß bei allen Leuten, die weniger als Liebe in ihren Taschen haben. Außerdem ist es hier Zeit, Uniformen anzuziehen, nicht Nachthemden. Es hat keinen Zweck, sie zu fragen, wozu ich gut wäre, ich, die ich ohne dich zu einem Leichnam, einem toten Gewicht werde: vor Gericht befragt, muß man auf gut Glück nach den Antworten fischen, die sie haben wollen. Schon das bloße Wort Liebe schockiert in seiner Nacktheit. Ich habe aufgehört, praktisch zu denken, als das teuerste Kamel im Nadelöhr steckenblieb.

Als ich Ottawa verließ, sagte ich: Von wem soll ich mich verabschieden?, aber mir fiel niemand ein. Manche grüßen mich mit einem aufrichtigen Lächeln, doch Jahre meiner Abwesenheit vergehen, ohne daß sie es merken, und meine Konversation klingt für sie wie eine Beteuerung.

Macht es mir Vergnügen, die Älteren vor den Kopf zu stoßen? Ist es mir egal, ob wir den Krieg gewinnen?

Es hat Männer gegeben, die stärker in Erinnerung geblieben sind als Nationen, und Nationen von Männern waren bereit, für ein Wort zu sterben.

Also mein Wort oder euer Wort?

Sei nicht frech, Kind.

Meine Schwester ist zu Hause mit Söhnen als Geiseln, die um eine freie Woche kämpfen, damit sie eine Stelle suchen können. Und meine Tante, wie eine Harpyie der Unbarmherzigkeit, die dafür kämpft, daß alle Frauen in eine Uniform gesteckt werden.

Wer wagt es, die leiseste Freude zu bekunden, wenn der Krieg Parole ist, doch noch nicht Realität? Hier überdeckt Kriegsgeschwätz das Ziel, das bis zu einem gewissen Grad selbst jetzt vor Augen sein könnte. In London verstehen sie das besser, und Fremde küssen sich in unterirdischen Bunkern oder machen Witze über zerbombte Attrappen.

Nimm teil am Begräbnis der Scheinheiligkeit, o mein teures Land, und zolle die übliche scheinheilige Träne. Meine spare ich mir auf für ein ganz anderes Ereignis.

Und wenn du, mein Liebster, dich mittlerweile als anders erwiesen hast, als ich es erhoffe, dann wird dieses Ereignis von salzigen Meerestränen zu Grabe geleitet werden, denkwürdiger als die Trümmer Rumäniens, und vom Kampf einer Frau, so blutig wie der von zehn Millionen Männern. Denn ich bin für dieses Ereignis auferstanden nach mehr als drei Tagen im Grab und hätte Denkmäler gebaut, die mehr als zweitausend Jahre überdauern. Aus dieser Vereinigung des Unmöglichen hätte eine Generation entspringen können, deren Augen solche Meteore zu würdigen und eine Legende wie ein Banner vor sich herzutragen gewußt hätten.

Nicht daß ich Gott lästern oder sagen will: Seht, was ich bin. Ich will nur sagen: Denk an Ottawa am Silvesterabend: An jenem Tag, der so bedrohlich war und dessen Widersacher man nicht so ohne weiteres abtun konnte, traf ich meine Wahl ohne Beeinflussung oder großes Getue oder irgendeinen Wegweiser, der in eine Richtung gewiesen hätte, die wegführte von dir.

Weder Vernunft noch Verstand noch Gier noch Mitleid noch Scharfblick noch Weltklugheit noch Berechnung noch Kindespflicht legten meine Hand in deine. Keiner kann sagen, ich hätte mich in jener Stunde zu etwas hinreißen lassen.

Deshalb sage ich jetzt, um es für mich selbst festzuhalten und mich daran zu erinnern, wenn ich vielleicht eine andere bin als jetzt: Trotz allen, die mir so sehr davon abrieten, die mich so heftig verurteilten, sah ich damals, daß nirgends etwas anderes existierte als dieses eine; da weder Nonnenklöster noch pazifische Inseln noch der Dschungel noch das ganze groteske Amerika noch der Wahnsinn in den Kriegsgebieten ein Versteck bieten konnten, das mir auch nur einen Funken Trost spenden würde, wenn das fehlschlug. In allen Seinsweisen, in allen Welten ist das alles, was es gibt.

Denk auch daran, daß ich sagte: Obwohl das alles ist, was ist, obwohl es das einzige und Verwundbare ist, gefährdet durch jeden Angriff, ein dürftiges Wort gegen eine geldschwere Welt, ist es dennoch nicht armselig, es ist genug. Ich nehme es nicht traurig oder bedauernd oder wehmütig oder verzweifelt auf mich. Ich nehme es auf mich ohne ein Morgen und ohne irgendwelche Lilien der Verheißung. Es ist genug, es ist das Jetzt, und obwohl es mit leeren Händen kommt, gibt es mir alles.

Mit ihm kann ich die ganze Welt wieder bevölkern. Ich kann neue Welten gebären in unterirdischen Bunkern, während oben die Bomben fallen; ich kann es in Rettungsbooten tun, während das Schiff untergeht; ich kann es im Gefängnis tun ohne die Erlaubnis des Wärters; und Oh, wenn ich es still und heimlich im Foyer tue, während die Konferenz stattfindet, werden eine Menge Staatsmänner erscheinen und ihren Schnurrbart zwirbeln, und sie werden das Geburtsblut sehen und wissen, daß man ihnen einen Strich durch die Rechnung gemacht hat.

Stark wie der Tod ist die Liebe.

Heute abend legen wir also die ganze chaotische Welt in ein Nest, und es wird vergnügt hin und her baumeln, als wäre es so weit weg und so sehr von der Geschichte übergangen wie das Recht der Indianer auf Freiheit.

Ob nun deine Mandelentzündung alle unsere Gedanken und Handlungen bestimmt oder nicht, die Nacht wird ausgeschlagen sein mit Seide und umgeben von Stunden des Friedens, geisterlos und genußreich. Es wird ein Schlaf sein, der ein Schlaf ist, nicht nur ein Äther, mit dem man zwölf weitere nutzlose Stunden totschlägt, ein Schlaf, der sein eigener Nutzen sein wird, nicht ein Warten, daß die Zeit vergeht: DIE Zeit.

Ob du mich zum Weinen bringst oder nicht, ich werde jetzt fähig sein, die Landschaft einzubeziehen, während ich nach Hause eile und die geringste Birke oder Kiefer auf mich einwirken, mich von einem Lichtdreieck belehren zu lassen, wenn ich am Morgenfenster den Reißverschluß meines gelben Überkleides zuziehe.

Warum werde ich gerade jetzt derart widersinnig überhäuft mit den Begleiterscheinungen der Wonne, jetzt, wo ich so reich und unverwundbar bin? Ich hätte sie so gut brauchen können, jede einzelne, als ich mit der Straßenbahn zum Haus meiner Mutter und wieder zurück fuhr, völlig niedergeschlagen; als es schon zuviel der Hölle war, daß ich dich nicht hatte. Damals hielt mich meine Mutter in ihrem eisernen Griff, mit den Krallen der Biologie und des Mitleids und hysterischer Hypnose, und ließ mich meine Vernichtung ersehnen. Kann denn selbst Freud den Schrecken dieses Griffs erklären, die Unvermeidlichkeit seiner Machtgier, und warum er stärker war als Nordostwind, Erinnerung, Vernunft oder präkambrischer Fels?

Nein, denn er ist jenseits von Kategorien und Erklärungen und fällt unter die Fußnoten, die Phänomene und verstörende Tatsachen anerkennen, doch keine Antwort darauf wissen, warum bestimmte Engel Heiligenscheine aus Singvögeln tragen oder warum aus Baldurs Ferse Mistelzweige wuchsen.

Doch solange diese Begleiterscheinungen jetzt dergestalt sind, daß sie mich bis an die Zähne rüsten mit Waffen zum Kampf gegen die feindliche Welt, will ich die Vergangenheit nicht beklagen, die ich war, als ich keine Zukunft sehen konnte — auch wenn tausend Pläne fehlschlagen. Auch wenn du lebenslang Invalide wärst, oder gelähmt, oder vom Aussatz befallen, wenn wir in der Gosse verhungern oder von der Pest heimgesucht würden, so werde ich immer noch ein wenig Roggen in der Tasche haben, eine Währung, die kein Wechselkurs kontrollieren kann und deren Wert nicht durch Umsiedlung verliert.

Denk auch daran, wenn du deinen so verwundbaren Kopf zwischen deinen Händen hältst, daß das, wofür wir bestraft werden und, schlimmer noch, wofür wir bestrafen, nicht nur dieses Meer von Frieden ist, zu dem wir gelangen, wenn du Du Luder zu mir sagst, sondern die URSACHE. (Die Ursache, meine Seele.)

Denn manchmal, wenn diese Seite, die Wärme, die einen schwindlig macht, ein so reiches Gefolge nach sich zieht, sagen wir: Wir sind zu glücklich, wir sind zu reich und stark. Und dann, überwältigt von Schuld oder Scham, so begünstigt zu sein, werden wir unsicher und sagen: Es ist ungerecht, daß die Schwachen und vom Glück Vernachlässigten leiden und wir nicht.

Aber wenn du mir das Unrecht tust, zu glauben, daß ich schön bin, daß ich eine Million Retter aus der Verzweiflung habe und deshalb das Unglück besser ertragen kann als jeder andere, dann denk daran, in Wahrheit bist nur du es, der mich mit diesen Gaben ausstattet. Um wieviel größer muß also mein Verlust sein, wenn er mir sogar das nimmt, was von Natur mein eigen zu sein scheint, meine Kraft auszuhalten und zu widerstehen?

Denk daran, daß nicht ich die Versuchung für dich bin, sondern alles, was dich von mir entfernt. Auch du bist sie nicht für mich, sondern meine ganze Bestimmung. Manchmal siehst du das so klar wie ich jetzt, denn du sagst: »Glaubst du, wenn es nicht so wäre, dann hätte ich können . . .?«

Aber das Mitleid macht sich an dich heran wie ein Bettelkind, mit flehenden Händen und Augen, ergreifender als die Schönheit. Und wenn du die Third Avenue entlanggehst, dann hörst du die Mäuse in den Fallen der Hausfrauen piepsen.

Siehst du in mir also die allzu Erfolgreiche, wie ein Koloß, dessen überhebliche Schenkel sich blind aus dem Leid erheben? Oder das verabscheuungswürdige Vollweib, das zugreift und verschlingt, unverwundbar in seiner Gier?

Ach, diese Gedanken sind deine Sünden, dein Gewand der Schande, und nicht die blonden Jünglinge mit blauem Lidschatten, die sich dir verliebt entgegenneigen in der Druckerei.

Es gibt welche, die Luzifer lieben, weil er den Kampf mit Gott verloren hat. Der Teufel war nicht ganz im Unrecht, und vielleicht war damals etwas faul im Himmelsstaat. Glaube nicht, ich hätte noch nie die Schwänze von Backenhörnchen gesehen, die sie auf Baumstämmen abstreiften, um sich das Leben zu retten, oder angenagte Kaninchenpfoten in Fallen, vermengt mit dem Stahl.

Wenn ich die Straße entlanghaste, dann ist es nicht ein Spiel, das ich im Sinn habe und mit den Passanten treibe, sondern jene Schüchternheit, die Näherinnen immer wieder nervös aus ihren schlecht erleuchteten Zimmern spähen läßt, halb versteckt hinter der Eintönigkeit ihrer Spitzen; lieber sitzen sie verträumt über ihren Gasflammen und ihrem schwachen Tee, als sich den unverschämten Erkundigungen der Welt auszusetzen. Es gibt sie, weißt du, und sie behandeln ihre Habseligkeiten behutsam, als wären es Kinder oder Tiere. Doch denke nicht, daß über sie hinweggesehen wird. Tausende von Engeln empfinden mit ihnen, sind in diesem Augenblick dabei, ihnen Röcke zu besticken, und machen sich bereit, ihnen den Rumba beizubringen.

Wer aber weint um die Engel oder merkt, wenn sie sich abwenden, um ihre Gefühle nicht zu zeigen?

Nicht daß ich mich auch für einen Engel hielte. Aber ich weiß, daß es schon Feinde schafft, wenn man sanft und heiter und glücklich ist.

Denk an das eine: Ich bin nicht der Friede, sondern das Ziel.

Ich will dich nicht blenden, sondern finden.

Was du für Sirenen hältst, die singen, um dich ins Verderben zu locken, ist nur die Stimme des Unausweichlichen, die dich begrüßt nach so langer Wartezeit. Ich wurde nur für dich geschaffen.

Äonen sind abgelaufen, und Planeten haben sich aufgelöst und gebildet, um diese beiden zusammenzubringen. Wenn diese ungeheure Verschwörung deiner wachsamen Schicksalsgöttinnen fehlschlägt, siehst du nicht, wie sehr man mir die Schuld daran geben wird?

Ach, es hat keinen Zweck, ihnen deinen Sohn zu zeigen und zu sagen: Seht, dies habe ich aus dem Blut errettet. Weißt du nicht, wie überdrüssig sie der Verzögerung sind? Du bist die Stunde und die Generation, von der sie sich Ereignisse erwarten.

Auch steigt dein Sohn nicht aus seiner Hängematte, um irgend jemandes Sündenbock zu sein, sondern um seinen eigenen Apfel mit seiner eigenen Sünde zu pflücken, so wie es auch sein Sohn tun wird zu gegebener Zeit.

SIEBEN

Sie haben dieses wunderbare Gesicht, gebrandmarkt von numero-logischer Schande, im Verbrecheralbum verewigt. Er ist mit einer Zwangsjacke ans Bett gebunden. Ist es ein Krankenhaus oder ein Gefängnis? Ich weiß es nicht. Ich bin ausgeschlossen. Ich lief alle Gummigänge entlang, aber die Sitze im Theater waren leer.

Nein. Ich bin verwirrt.

Er sagte: Kein Besuch erlaubt. Nicht einmal am Freitag.

Dann kam ich mit Zeitschriften und Obst, und die Krankenschwester sagte: Gehen Sie nur hinein, seine Frau ist da.

Also kehrte ich um, aber auf dem Gang war jede Tür versperrt. Nein, einige waren aus Glas, aber doppelt, und draußen schneite es.

Mein Geliebter, mein Allerliebster, wo bist du? Unter dem grünen Baum. Ja. (Frisches Grün ist unser Lager. Und Apfelduft der Duft seines Atems.)

Die Treppe war eine Wendeltreppe und führte kilometerweit hinunter. Aber mit Teppich belegt. O ja, aber die Leute sahen mich gehässig an und machten Bemerkungen über meine schäbige Kleidung. Der Wirbelsturm war direkt über mir, mit schrecklichen Krallen, kein Sturm, wohlgemerkt, sondern kleine Zeitungsfetzen, die gefährlich nahe herumwirbelten. Ich habe Angst. Und wenn er mich ergreift?

Es war um diese Zeit, daß ich den gefalteten Brief fand: Meine Allerliebste, ich liebe nur dich: Ich möchte, daß es wieder so ist, wie es früher war. Ich legte ihn zurück, sicher. Aber er nahm ihn vom Marmorkamin und warf ihn weg. Ich sah es. Der Baum vor dem Fenster war beschwert mit Schnee. Das ist der Beweis, oder nicht?

Zehn Minuten vor Mitternacht sagte er: Geh und besorge mir eine Wärmflasche, und ich hörte, wie das neue Jahr hereinkam, während ich am Ladentisch der Drogerie wartete. Der Schnee schmolz, und die Straßen waren schlammig von Blut.

Ich wollte dir von Dem Kind erzählen. Es war immer so. Im Zimmer stand knöchelhoch das Blut.

Ja, ich weiß.

Ich hörte sie klagen: Warum hast du mich das Kind nicht behalten lassen, ach, warum hast du mich das Kind nicht behalten lassen?

Es war ein kleines Mädchen, dunkel, mit langen Fingern. Sie war hübsch, nicht wahr?, so gar nicht wie die meisten kleinen Babys.

Der Mann in der Bierkneipe sagte: Sie haben seit einer Stunde nichts bestellt, ich fürchte, ich muß Sie bitten zu gehen. Die Kleider dampften auf den Heizungsrohren, immer noch naß. Es ist Dezember, und der Wald ist reichlich feucht für ein Stelldichein. Wenn man auf den Steinen sitzt, bekommt man Hämorrhoiden. Warum kommen so viele Telegramme? Sollen wir noch eines senden?

Ja, es ist nur menschlich.

Du würdest mich hassen, wenn ich anders handelte, nicht wahr?

Als er aus dem Gefängnis kam, waren seine Augen tot, und er sagte: Ich habe meine Unschuld verloren, starrte an die Decke und kaute an einer schrecklichen Droge.

Als er aus dem Krankenhaus kam, hatte er einen Verband um den Hals. Sie mußten ihn festbinden, so randalierte er. Der Anästhesist war ein Künstler, er hatte Achselhöhlen wie Kelche, schon wenn er einen Zylinder sah, bekam er eine Erektion, er hätte keine Schwierigkeiten, in die Armee zu kommen.

Ich habe das heute schon zweimal gemacht, sagte er, als wir im Obstgarten lagen, einmal mit ihr, einmal mit dir und einmal mit dem Kieferknochen eines Esels. Eins, zwei, drei.

Mein Geliebter, ich glaube, ich sehe ein bißchen Blut an deinen Kleidern.

Ja, es ist aus dem Bauch des Wals.

Frauen sind so besitzergreifend.

Ein Apfelbaum unter Waldbäumen ist mein Geliebter. Jede Furche im Obstgarten ist gepflügt, außer rund um den Baumstamm, wo das Gras wächst. Dort steht es wie das Goldene Vlies.

Verzeih mir, denn natürlich diene ich zweien.

Könnten Sie mir sagen, wo der Ausgang ist, Herr Doktor oder Herr Inspektor, ich kann in diesem Licht nicht genau erkennen, wer Sie sind.

Niemand hört mich. Das macht der stille Gummiboden. Seit Stunden klopfe ich an verschiedene Türen.

Aber Sie sind Kommunist?

Nein.

Pazifist?

Nein.

Ein Lump? In Ihrem Falle, so glaube ich, ist es die einzige Möglichkeit, Sie gehen zum Rand einer Klippe, sagen Hals- und Beinbruch und springen. Das macht achtundachtzig Dollar und zwei zusätzlich für das Medikament.

Mein Geliebter, warum hast du mich auf der Lexington Avenue im Ford ohne Bremsen zurückgelassen?

Er blieb im Verkehr stecken und gab vor ihrem Fenster seinen Geist auf. Sie schrieb gerade einen Brief: Ich liebe dich sehr: Paß Jetzt Auf! mit großen Anfangsbuchstaben.

Das war ein anderer Brief.

Ja, aber ich gerate ganz durcheinander. Eines Tages sah sie einen Pirol im Garten. Eines Tages sagte sie: Dann leb doch deine Orgie mit dem Blonden Gift aus, arbeite deine Leidenschaft an ihr ab.

Ich sehe alles, das Hinterteil aus glänzendem Gold. Wenn ich wütend werden und eine Szene machen würde?

Doch nein. Nein.

Nein. Ich glaube dir natürlich, ich glaube dir, denn hast du nicht gesagt, ich sei die eine? Ja, du hast gesagt: Paßt auf dieses Mädchen auf, denn sie ist es, die mein Blut zirkulieren und alle Sterne kreisen und die Jahreszeiten wiederkehren läßt.

So war mein Traum, und deshalb hatte ich heute morgen beim Frühstück Ringe unter den Augen. Jeder bemerkte es, und ich glaube, einer kicherte.

Sie interessieren sich nicht sehr für Politik, oder? Sie lesen nie Zeitung? Ich trank meinen Kaffee, aber ich empfand ein leichtes Übelsein. Das war zu erwarten, es macht mir gar nichts aus, es ist nicht von Bedeutung.

Mein Liebling, fühlst du dich besser?

Er kann nicht sprechen, er kann nur flüstern.

Ach mein Liebster, ach mein Liebster, trink ein wenig Milch, leg dich hin und ruh dich eine Weile aus. Das wird dir guttun. Ich kann die Liebe tragen wie der heilige Christophorus. Sie ist schwer, aber ich kann sie tragen. Es sind die Steine des Argwohns, über die ich stolpere. Sagte ich Argwohn? Nein.

Nein. Nein. Es ist nichts von Bedeutung. Ich liebe dich. Ein leichtes Übelsein, das ist alles.

Nach einer Weile trat ich hinaus an die frische Luft, und sein Gesicht war der Mond, der in den schneebedeckten Zweigen hing.

ACHT

Sein Bruder und seine Mutter und seine Großmutter liegen dem Tode ergeben auf den Steinen der Londoner Untergrundbahn. Zwei Widersacher, in den kleinstmöglichen Raum gezwängt, stützen einander im Schlaf.

Briefe mit schwarzen Schrammen vom Messer des Zensors überbringen das Unvorstellbare: »Ich hörte ein Kind fragen, wo seine Beine sind.« — »Wir denken jetzt sehnsüchtig an Zwiebeln und Zitronen.« Die Stimme im Radio sagt: »Aus der Not und dem Tod der Freunde erwächst eine neue Entschlossenheit.«

Die Bomben werden größer, doch die menschlichen Gehirne, die sie auseinanderreißen, bleiben gleich. Es sind die Gesichter, die wir einst küßten, die jetzt in den englischen Küstenstädten zerschmettert, die Hände, die wir schüttelten, die mit dem Schutt weggeräumt werden; die Schlagzeilen sprechen zu uns über unser Privatleben: Dennoch erregt der räudige Hund, der unter unserem Fenster herumschleicht, ein echteres Mitleid. Babylon und Sodom und das Römische Weltreich sind untergegangen, doch die schneidende Kälte des Schneesturms ist unbarmherzig wie eh und je, und die Liebe wühlt einen immer noch nachhaltiger auf als eine vorgestellte Landmine.

Sein Bruder und seine Mutter und seine Großmutter liegen begraben, aber in der Lava der Geschichte. Schon werden sie beweint vom tragischen Chor der Nachwelt. Ihre Abbilder werden sich erheben, wenn ein neues Pompeji sich auftut.

Aber dieser blutigen Minute geht es nur um die augenblickliche Tatsache, die besagt, daß es schon fast Tag ist und daß er nicht zurückgekommen ist: keinen Trost gefunden hat, weil seine zitternde Stimme vor acht Stunden am Telefon ihren Tod verkündete.

Warum sollten selbst zehn Jahrhunderte irdischen Leidens die Tatsache schmälern, daß ich liebe? Wiege den Samen, wiege den Samen, selbst im Krater des Vulkans. Ich bin die letzte schwangere Frau in einer verwüsteten Welt. Das Bett ist kalt, und die Eifersucht ist grausam wie das Grab.

Wenn meine Augen im Zimmer herumtreiben wie zwei verirrte Schiffe auf dem Meer, erkenne ich das genaue Ausmaß meiner Gefangenschaft. Denn ich kann nicht entkommen, indem ich mit dem Kopf gegen das würfelförmige Gefängnis renne, noch kann ich Geister mit visionären Augäpfeln zu meiner Gesellschaft herbeirufen. Man kann nirgends weinen. Die Wände sind immer zu dünn und das Schluchzen so laut, daß sein Echo von der Straße und von Salzwasserbuchten widerhallt.

Nie und nirgends ist Zeit für ein solches Wort.

Als Schlüssel zu allem Unglück habe ich die qualvollen Liebesspiele der streunenden Katzen auf den Dächern vor meinem Fenster; das viertelstündliche Schlagen einer Uhr, deren Töne zum Teil nie anschlagen; das Pfeifen der Rohre, fröhlich und regelmäßig wie Grillen. Der Lift jedoch rattert in der Verheißung eines Ereignisses, das nie eintrifft, und manchmal kreischt die Wasserleitung von ferne auf, wie die Botschaft einer Sternschnuppe.

Ich rekapituliere alles, was ich weiß, aber ich kann keinen Sinn darin finden. Wenn ich einnicke, weckt mich das FAK-

TUM, das unwiderruflich vollbrachte Unglück, unsanft wie eine barsche Krankenschwester. Ich sehe es reglos in einer Ecke der Decke kauern. Es stürzt herab in geometrischer Diagonale wie ein Blitz.

Es sagt, ich bleibe, ICH BIN, ich werde nie aufhören zu sein: auf deine Erinnerung wird sich ein tödlicher Schleier legen; du wirst vergessen, du wirst verlöschen, doch ich kann nicht ungeschehen gemacht werden.

So läßt mich jede Viertelstunde den Geschmack des Todes im Mund spüren und zeigt mir, aber nicht freundlich, wie ich dem Vergessen nachjage.

Die Tapete trieft vor Trübsal, und die Wände bedrängen einen wie die Angst. Dieses dunkle Hotelzimmer ist das Zentrum des Wirbels, dem niemand mehr standhalten kann.

Hier ist das Bett, in dem die Liebe uns so oft befreite und die Wände auflöste, in dem ihn aber auch die Nacht am Kragen beutelte wie einen Hund, bis er den ewig gleichen Grund seiner Angst hervorstieß: »Du bist eine Hure! Du bist nichts als eine Hure!«

»Du weißt genau, du versuchst mich nur zu bestechen!«

»Nein! Nein! Nein!«

Dort drüben steht der Sessel, weniger glückbringend in seiner Funktion, in dem er die Zeitung las oder wartete, in unpersönlicher Versunkenheit. Dieser Sessel ist mein schlimmster Feind, denn meist gewann er ihn für sich. Manchmal jedoch öffnete er sich huldvoll, und ich sah, wie er durch seine Finger hindurch vor Besitzerstolz strahlte, während ich mich für ihn zur Schau stellte.

Der Spiegel ist der beste Erzieher. An glücklichen Abenden gab er mir mein Gesicht wieder, als ob er mir damit eine große Ehre erwiese: Das ist das Gesicht, das tausend Nächte der Liebe in Gang gesetzt hat. Das ist die Falle, die den Erzengel in dein Bett gelockt hat: Das ist das empfindliche Instrument, das Polarsterne anzieht.

Doch manchmal, allein, fing er meine beiden Augen ein wie aufgespießte Schmetterlinge und zeigte mir ein Gesicht, das nahe daran war, in Tränen zu versinken, zurückgejagt zur Fruchtlosigkeit seines eigenen Vorsatzes, wenn der Tag des Zorns, der nun wie eine Lawine in die Gegenwart stürzte, kommen würde.

Der Anblick jenes wahnsinnigen Gesichts im halbdunklen Zimmer bewog mich zu Gebeten und lautem Geschrei. Dein eigener Schatten, der dir begegnet, verkündet das Ende. Eine nur allzu wahrscheinliche und nahe bevorstehende Sache quälte dieses Gesicht zu Tode. Doch dann verlöschte das elektrische Licht, und die bleiche Dämmerung enthüllte nur vergrößerte Poren und die Überreste der Schminke vom Vortag.

Aber wenn ich im Spiegel nach einer Verzerrung meines eigenen Bildes suche, die meinen Schmerz in eine erträgliche Geschichte verwandeln könnte, beugt sich jene Form immer wieder in ewiger Umarmung über mich, wie die beharrlichen Neonlichter, oder ich erinnere mich an die Nacht, als sie ihn in ein assyrisches Mädchen verwandelte, das seine Augen unter einem blühenden Turban niederschlug. Da waren wir zwei Schwestern, ich die ältere. Er hatte keine Brüste, und das machte mich wehmütig. Ach der glitzernde Inzestvogel. Aber wenn alles so anmutig unterwürfig ist, wer wird dann die Hand aufs Herz legen? Er legte seine Kopfbedeckung ab, und wir waren zwei gewöhnliche Leute, bereit für die Nacht.

Die Schreibmaschine tippte Löcher in unsere harmlosen Spiele und riß die Kluft auf, die uns fast brach, genau wie meine Fingernägel. Ich verstehe nun, wie fremd die Liebe auch den Büroangestellten ist und warum Mädchen so praktisch veranlagt und doch stets unerfüllt sein können. Die Schreibmaschine frißt sich durch bis ans Skelett, das noch nie gehört hat vom Wunsch nach einem rosa Rüschenneglige oder nach der Muße, neue Möglichkeiten zu ersinnen, wie man den trägen und lüsternen fünf Sinnen frönen kann. Sie bohrt den Nerv an, und ihre Sympathie gehört dem Geizhals. Sie ist kein Werkzeug der Liebe.

In Cafés, hinter Plüschvorhängen, wo wir für fünfundzwanzig Cents pro Kopf vorübergehenden Luxus genossen, lief es manchmal gut, und ich hielt den Atem an und die Gabel über der Fischfrikadelle in der Schwebe, wenn die Offenbarung kam. Wenn ich seitwärts in den Spiegel blickte, konnte ich sehen, wie sein Gesicht mich ansah, und hatte dann keinen Zweifel an seinem Genuß.

Das Pfandhaus und die Bank, wo wir Briefe und Antworten auf unsere Bitten um Rettung holten, vermittelten eine unterschiedliche Stimmung, wie Spieler, die rotierenden bunten Lichtern ausgesetzt sind. Doch weder die heruntergekommenen Straßen noch das enge Hotel wurden für mich je so wie für ihn zu Symbolen des Elends und der Geldnot oder eines Landes, wo man mit niemandem reden kann und nie etwas passiert.

Aber wo wir auch hingingen, was wir auch taten, immer mußten wir ins Hotelzimmer zurück wie in die Enge getriebene Füchse. Und immer ließ die Tapete mit ihrer schweren Schrift alle Zuversicht zerrinnen, die wir gefaßt haben mochten. Die Schrift an der Wand bot keine Lösungen. Sie trieb uns zur Verzweiflung. Sie ist in verbrecherischer Weise verantwortlich für alle vergangenen Geschichten.

Denn wer plant Selbstmord, wenn er in der Sonne sitzt? Es ist die Staubschicht unter dem Bett, die schmutzige Bettwäsche, die nie gewaschen wird, die verhängnisvolles Tun heraufbeschwört.

Wenn das Schiff im Taifun auseinanderbricht, schützen wir unseren Kopf und sagen uns, daß sich alles wieder normalisieren wird. Aber wir sind skeptisch. Diesmal ist es vielleicht nicht so wie all die anderen Male, die mit der Zeit zu lustigen Anekdoten wurden. Die Geschichten, die wir hörten, über die zehntausend, die das Erdbeben begrub, waren schließlich wahr.

Und hoffnungsloser als jede menschliche Katastrophe schleppten sich die Dinosaurier durch die Wüste hin zu ihrem Ende. Sie hinterließen keine Nachkommen, die ihre Saga hätten ausschmücken können, sondern nur die weißen Knochen und die Spuren im Lehm, so daß die Archäologen sie in Fußnoten verwandeln konnten. Unsere Stunde ist vielleicht diese Stunde und unser Ende das Ende der Dinosaurier.

Vielleicht wird es also keinerlei Zurückspulen geben, nur Archive, voller Archetypen, wie die zusammengesetzten Fotos von Filmheldinnen.

Aber mit oder ohne uns, der TAG selbst muß wiederkehren, darauf bestehen wir, an dem diese Witzfigur sich zumindest in der Sonne räkelt und ihren trägen Körper mit namenlosem Rot schmückt, das einst Blut war.

Die Philosophie braucht, so wie die Flechten, Jahrhunderte zu ihrem Wachstum und wird im Buch der Lehren immer übergangen. Wenn du es nicht aushältst, Hau Ab.

Ich halte es nicht aus, deshalb liege ich auf dem Hotelbett und löse mich in Chemikalien auf, deren Abenteuer die Zeit begleiten wird bis an ihr Ende, ohne den geringsten Einfluß jener wenigen Jahre, als ich sie in menschlicher Leidenschaft zusammenhielt.

Ach, wo pirscht er wie ein Pferd auf Weiden in weiter Ferne? Ich kann ihn nicht hören, und die Stille schreibt schrecklichere Dinge, als er je leugnen kann. Besteht der Verdacht, daß der Kampf verloren ist?

Zweifellos hat er mich vierzehn Tage hintereinander getötet. Um von einem solchen Gemetzel aufzuerstehen, muß der Messias wirklich eine Frau werden. Er sagte, diese Abwesenheit liege eben in der Mechanik des Ganzen. Aber *Es* ist nicht dasselbe.

Er beging die einzige Sünde, die die Liebe nicht verzeiht. Die Polizei, häusliche Szenen, abkühlende Freunde, die bestochenen Provinzbullen, die Schäbigkeit des Hotels waren machtlos, doch die Liebe hat andere Gesetze, deren Verletzung, selbst durch die geringfügigste Übertretung, ohne Gerichtsverfahren bestraft wird.

Er hat wider die Liebe gesündigt, und obwohl er sagt, es sei im Namen des Mitleids geschehen und daß das Mitleid im Kampf mit der Liebe nur unterliegen kann, war er für das Mitleid nutzlos und verletzte durch sein Zaudern die Liebe, die schließlich das war, wofür er alles aufs Spiel gesetzt hatte, alles, was er besaß, den höchsten Einsatz.

So stehe ich nun da ohne Polarstern. Welche Hemmung könnte meiner Verzweiflung Schranken setzen? Was kann mich zurückhalten?

Zu viele Nächte haben ihre explosiven Fakten errichtet,

und ohne das eine FAKTUM, das diese Fakten außer Kraft setzen, gibt es keine Schranken für die 5 000 000 Flüchtlinge, die Menschen, die verhungerten, das Blut und die Verstümmelung. »Nur die Liebe kann mit gebieterischem Blick Einhalt gebieten.«

Aber wo ist die Liebe? Über 500 Meilen hinweg gekreuzigt. Hingestreckt im Schnee über das verheerte Land, wo nur die Vögel zu Hause sind, und auch sie nur sechs Monate im Jahr.

Wie kann ich die Liebe so nahe dem Selbstmord und mit so wahnsinnigem Blick zu meinen Hoffnungen zählen, wo die Sache sich doch nur zu schlicht und einfach verhält: Es sind *ihre* Tränen, die er jede Nacht auf seiner Brust spürt; es ist *sie*, um die er sich Sorgen macht; und es ist letztlich das *Mitleid*, nicht die Liebe, was all seine vierundzwanzig Stunden ausfüllt.

Vielleicht bin ich seine Hoffnung. Doch andererseits ist sie seine Gegenwart. Und wenn sie also seine Gegenwart ist, bin ich nicht seine Gegenwart. Deshalb existiere ich nicht, und ich frage mich, warum niemand bemerkt hat, daß ich tot bin, und sich die Mühe gemacht hat, mich zu begraben. Denn ich bin völlig zusammengebrochen. Ich liege herum mit glasigen Augen oder vergieße Tränen aus reiner Mattigkeit.

Alle Menschen erscheinen mir sträflich nebensächlich. Ich beachte nichts und niemanden, und wenn mich jemand in meinem Verfall behindert oder unterbricht, hasse ich. Die Natur ist nur das lästige Wetter, und Blumen erinnern unsanft an ausgediente Seinsweisen.

Ich war nicht verliebt, sondern verzweifelt während dieser letzten zehn Tage. Und ohne Liebe bin ich unrettbarer verloren, als er es sich vorstellen kann, er, der glaubt, daß die Natur mich so unverwüstlich wiederaufleben läßt. Die

Natur ist gnädig gewesen, und sie hat Wunder an mir und für mich gewirkt, aber das ist es, wozu alles führt und wofür sie mich bewahrt hat. Wenn es ihr also an Totalität fehlt, dann gerät sie ins Wanken, dann fehlt ihr alles, und ich bin mausetot.

Manchmal, wenn ich den Schmerz in meinem vergitterten Kopf von einer Seite zur anderen schiebe, sage ich: Wenn ich jetzt leide, denk doch, was sie litt — hundertmal mehr und ohne Hoffnung, und ich tanzte vor Glück auf ihrem tiefen und qualvollen Schmerz.

Dann schwebt ihr Haar, herabfallend wie der Kummer, im verlassenen Park, hochgehoben mit jedem toten Blatt, das der Wind aufstört; oder die Geste, zögernd vor zu viel Bedeutung, mit der sie ihm mit der Rückseite der Hand über die Schläfe strich.

Aber nicht für sie öffnet sich mein Herz und bricht: Ich sterbe wieder und wieder nur für mich selbst. Denn ihr ergreifendes Bild verhindert sogar meinen Hilferuf an ihn. Denn auch wenn er mich liebt, ist er in ihren Armen.

O die Tatsache, die unabänderliche Tatsache: sie ist es, bei der er ist: er ist bei ihr: er ist nicht bei mir, denn er schläft bei ihr.

Aber ich blute nicht. Das Messer, das in meinem Fleisch steckte, hinterläßt nur das Loch, das beweist, daß ich tot bin.

Warum schreibt er »kleinere« Martyrien? Hat nicht die Kreuzigung nur drei Tage gedauert? Ist es die Kürze der Tage der Qual oder die Tatsache, daß die Hoffnung noch am Leben ist, die ihn »kleiner« sagen läßt? Wie kann etwas so Absolutes anders als »groß« sein?

Er hat mich den Märtyrertod erleiden lassen, doch ohne

Grund, und er hat auch keine Vorstellung von der Größe und Bedeutung meiner Wunden. Vielleicht wird er es nie wissen, denn wenn ich sagte: Du hast mich täglich und, ach, ganz besonders nächtlich getötet, dann würde das eine Beschuldigung andeuten. Ich beschuldige nicht, ja ich sage nicht einmal: Du hättest dies oder dies tun können und nicht das.

Ich sage sogar: Du mußt das tun, du hast es zu tun, es gibt keine andere Wahl, und treibe damit meinen eigenen Mord voran.

Aber wenn ein Messer in der Maschine steckt, die mein Blut pumpt, dann hört mein Blut zu fließen auf, egal wie vernünftig ich ihm zurede. Wird er merken, daß mein Herz aufgehört hat zu schlagen?

Aber er kann mich, O mit einem einzigen Blick kann er mich ins Leben zurückrufen und mich überschwemmen mit so viel neuer Liebe, daß jede Narbe einen Satinüberzug bekommt und zu neuem Glanz findet, um sein Herz zu betören. Aus dieser großen Entfernung, nach diesen Nächten der Trennung, kann ich nicht mehr sehen. Meine Vorstellungskraft ist zugeschneit von den ewig dauernden Stunden ohne Unterbrechung.

Was geschehen soll, wenn es keine sofortige Wiederauferstehung gibt, weiß ich nicht. Eine Schwärze, schlimmer als die schwärzesten Todesahnungen, oder das Versinken in die Vergessenheit der prähistorischen Stämme.

Aber von einem spüre ich eine allzu schreckliche Vorahnung: Wenn er je wieder zuläßt, daß solche Nächte passieren, oder mit Zerknirschung für vergangene Sünden an anderen liebäugelt, während er höchst bedenklich gegen mich sündigt, werde ich mich nicht mehr zum Leben erwecken lassen. Ich werde, ob ich will oder nicht, dabei tot umfallen.

Und er kann es in die schönsten Farben der ganzen Menschheit kleiden und in Mitleid und Anteilnahme und sich auf die Liebe berufen, und auch ich werde beten, Laß mich wohlwollend sein, aber es wird nichts nützen. Nur die Tatsache hat Wirkung, und diese Tatsache wird tödlich sein.

Es ist unmöglich, daß er nicht wiederkommt. Ich liege hier, 500 Meilen entfernt, auf einem Ellbogen, und erwarte stündlich sein leichtes, gebieterisches Klopfen an der Tür. Jedesmal, wenn der Fahrstuhl sich mit einem fruchtlosen Ächzen in Bewegung setzt, schrecke ich auf: Wird, ach wird dieses Ungeheuer mein Wunder ausspeien? ein Telegramm? einen Anruf?

Das ist das Gras der Hoffnung, das uneindämmbar meinen Geist überwächst, der sich nicht einzugestehen wagt, daß sich vielleicht heute nacht sein Mund, wie das Innerste aller Rosen, über einem Mund schließt, der nicht meiner ist, sich hineingräbt voller Entschuldigungen und Liebe, wie ein Baby an der Brust.

Denn wenn ich sage, er wird nicht und niemals kommen, dann heißt das, daß ich mich in den Wirbel stürze und meinen Geist dem Wahnsinn ausliefere und mein liebes, mein ungeborenes Kind einer Flut von Blut und Tod. Das kann ich nicht tun, und die Natur schickt mir tausend verzweifelte Instinkte, die mich durch Straßen laufen, Zeitschriften mit Sorgfalt lesen und mich nervös die Preise von Grammophonen studieren lassen.

Ich will jetzt nicht daran denken. Ich habe keine Zeit. Erst wenn ich meine Strümpfe gewaschen habe. Erst wenn ich einen Knopf angenäht habe. Erst wenn ich einen Brief geschrieben habe.

Mit schöner Genauigkeit überhäuft mich die Natur mit dem Geschick Penelopes für kleine, heikle Aufgaben, die ich früher immer verpfuschte: Knopflöcher und Rüschenkragen. Um keinen Preis darf ich jetzt denken, denn hier kann ich nicht weinen. Die Wände sind zu dünn.

Nirgends und nie ist Zeit für ein solches Wort.

Ich kann nichts tun, so gelähmt bin ich vom Zweifel. Ich kann nur warten, wie ein Ei auf den einundzwanzigsten Tag, bis er kommt mit allen Westwinden unwiderlegbarer Überzeugung. Der Zweifel reißt den Mantel der Sicherheit weg, den ich über die vergangenen Totempfähle der Gefahr und die Narben seiner vergangenen Wunden gebreitet hatte. Der Zweifel reißt wie eine Harpyie die glatten Oberflächen weg, unter denen sich vielleicht der Tod versteckt in Hinterlist und Verborgenheit.

Ich bin empfindlicher als die Prinzessin, für die sieben Matratzen die Erbse nicht verborgen halten konnten. Es sind nicht die Gewißheiten, die die Liebe nicht überwinden kann, sondern die Zweifel, die schrecklichen Zweifel, die einen Vesuv in meinem Magen entstehen lassen. Der Zweifel gibt mir genug Anhaltspunkte, um meine eigene Verdammung als Lösung des Rätsels zu erkennen.

Ach, dann erstarre ich in Entsetzen, und die 500 Meilen stehen wie Armeen zwischen uns, und ich könnte zu ihr eilen, erweicht von Reue und Scham, weil ich sie ganz umsonst getötet habe.

Oh, ich verstehe nur zu gut, daß wir alle Lots Frau sind und zurückschauen unter unseren heroischen, liebevollen Mienen. Aber ist nichts unwiderlegbar? Ist keine Tatsache unüberwindbar? Ein Schuß, einer unter einer Milliarde von

Schüssen, der ins Schwarze trifft, ist er denn nicht das Gemetzel entschlossenen Handelns wert?

Unsere Leidenschaft am Eisteich zwang die Sonne, sich zu zeigen. Sie hat Waisenkinder in den Schlaf gewiegt und das Herz des neuen Kajütenjungen höher schlagen lassen. Heathcliffs Blick bohrte ein Loch durch England, das Generationen von Heidekraut auf dem wilden Moor nie ausradierten.

Gib mir meinen Glauben an das Eine, und ich kann Krebs und Klatsch und Krieg heilen. Gib mir das Eine, und ich würde mir die Hände abhacken und sie ihr geben, um sie eine Stunde zu trösten.

Verletze mich, betrüge mich, solange ich nur der Liebe sicher bin, den ganzen Tag und die ganze Nacht, in seiner Abwesenheit und in seiner Gegenwart, überall und immer, das ist meine Schwerkraft, und die Äpfel (die reif sind in meinem Gärtlein) fallen nur dorthin.

Immer an diesen Abenden, die nach Entscheidung verlangen, schreiben die kalten Straßen die Antwort in Blut, demselben, das die Runzeln in die Gesichter der alten Frauen kerbt: die Weisheit, die alte Menschen erlangen, weil sie sich nicht mehr an die Leidenschaft erinnern können.

Die Jungen sagen: Warum nicht sterben aus solcher Schmach?

Aber die Alten schleppen sich durch Europa, schieben Karren und riesige, von Hunger aufgeblähte Bäuche vor sich her, balgen sich wie Katzen um eine Brotkruste, um weiter am Leben zu bleiben, und sehen sich fürstlich belohnt durch einen Kuchen mit rosa Glasur.

Ist es so, daß sie vergessen oder daß wirklich Trost liegt in einer distanzierten Sichtweise?

Burschen und Männer mittleren Alters setzen sich aus Stolz Pistolen an die Schläfen oder springen aus vierzig Stockwerke hoch gelegenen Fenstern.

Aber die Alten sind es zufrieden, einen Blick zu erringen von denen, die sich ihres Platzes bemächtigt haben. Verstehen sie wirklich alles? Oder geht die Natur neben ihnen, hält sie an ihren schlaffen Unterarmen und flüstert heilsame Lügen? Denn die Erinnerung verläßt sie, und ihre Augen werden trüber, während die Vergangenheit langsam Perspektive annimmt. Wer kann behaupten, daß um einen solchen Preis etwas gewonnen ist?

»Ich glaube, ich sehe die Welt aufgebahrt wie einen Leichnam, mein Kind, aber meine Augen sind alt, und ich bin mir nicht sicher.«

»Gestern nacht hörte ich eine Engelschar vor meinem Fenster weinen, aber vielleicht war es auch nicht so, meine Ohren sind nicht mehr das, was sie waren. Es ist nicht von Bedeutung. Bemühe dich nicht, es herauszufinden.«

Werden wir überhaupt noch etwas zu sagen haben, wir, die schon jetzt zuviel wissen? »Im Grunde spielt es keine Rolle, letztlich ist alles egal.«

»Hast du dein Herz befreit
Von der Liebe und ihrem Leid,
Dann schlaf, Lieb, schlaf.«

Ach die Finger der Kälte, die kleinen warnenden Gänsehautfinger.

NEUN

Das Gras auf dem Land ist schon grün. Meine Vorstellungskraft klammert sich an diesen Umstand wie an eine Wärmflasche und wird ganz benommen davon und benutzt sie wie eine Droge, um mein Herz zu erleichtern und alle meine Quellen der Rastlosigkeit zu beruhigen. Meine Zukunft ist dort schon gepflanzt, und meine Hoffnung macht sich bereit, mit den Kirschblüten zu sprießen.

Mein Geliebter streicht zögernd um seinen Mord herum. Ich kann ihn nicht rufen. Ich kann nicht sagen: Versetz mir den Todesstoß, noch kann ich sagen: Erweck sie wieder zum Leben und bleib für immer bei ihr, die einzige Alternative.

Er ist nicht hier. Er ist ganz verschwunden. Es gibt nur den geschwollenen Bauch. Nur das Armband, das er mir um das Gelenk legte, erinnert mich daran, daß ich einmal lebendig war. Mein totes Auge und meine leeren Tage beweisen nur, daß ich tot bin, nicht warum, nicht seine Existenz.

Ich betrachte teilnahmslos die Werkzeuge der Liebe und sage mit kalter Verwunderung: Geriet die Erde ins Wanken durch seine Berührung an dieser Schwelle? Die Brust, die einst von ferne Feuer fing, liegt kälter und weniger entflammbar da als der Mount Everest.

Dieses Stadium ist weit entfernt von der Sehnsucht, weil es weit darüber hinausgeht. Es ist das Stadium, in dem das Unerträgliche sich verfinstert und zum Koma wird. Es liegt so sehr im erinnerungslosen Stadium des Fegefeuers, daß ich nicht an eine Wiedererweckung zum Leben glaube und auch nicht wirklich an die Wiederkehr des Frühlings, an die Liebe, an unsere vereinigten Münder.

War es denn je so? Lagen wir so eng beisammen wie Strömungen, unwiderstehlich voneinander angezogen?

Hätte ich den Verstand, mir zu sagen, daß meine gegenwärtige Stumpfheit eben von dieser zu intensiven Liebe herrührt, wäre alles bewiesen. Aber die Logik ist nicht der Laufbursche der Liebe und begleitet auch nicht das Koma.

Wie kopflos ich dahintreibe. Wie gefährlich unbewohnt.

Manchmal sehe ich kurz ein Erwachen — aber der Alptraum zu später Erkenntnis, wie ein Vulkan, der in meiner Vorstellung ausbricht, bringt nur noch dichteren Nebel. Wie der Verrückte, dessen schielende Augen an einen Knopf geklebt sind, sehe ich jenen Kirschbaum und das grüne Gras und konzentriere mich darauf und biege alles in diese Richtung. Ich werde es erreichen mit der pedantischen Genauigkeit des Verrückten.

Aber das Morgen und das Morgen und das Morgen liegen so fest verschlossen und auf keiner Landkarte eingezeichnet da wie die andere Seite des Mondes und ziehen weit, weit weniger Neugier auf sich. Ich erreiche den Kirschbaum, und wir alle erblühen. Oder ich erreiche den Baum, und wir sterben. Aber ich erreiche den Baum. Das ist mein ganzer Plan und mein ganzes Ziel für die mir verbleibenden vierzig Jahre, obwohl unmöglich scheint, daß noch so viele vor mir liegen.

Am Pazifik streife ich herum wie Dido und vernehme eine solche Passion von Tränen in den sich brechenden Wellen, daß ich mich frage, warum nicht die ganze Welt untröstlich weint.

Auf dem Gras, unter den Pinien, setze ich mich stocksteif

auf, denn selbst das Zurücklehnen erinnert mich an die Stellungen der Liebe, und ich kann den Schmerz von so viel Erinnerung nicht ertragen. Dann wandere ich hügelan, betrachte meine Füße mit verzweifelter, wilder Gefühllosigkeit und sage: Ach, zwingt auch sie ihre Füße in den Dienst beruhigender Monotonie?

Es sind die toten Augenblicke, wenn die Schönheit, obgleich ins Gesicht geschlagen, nicht registriert und nicht empfunden wird, in denen ich auch weiß, was sie fühlt, wenn sie dahingeht ohne ihr Herz.

Und was ist mit meinem Engel, ihrem nun verlorenen Engel, entschlußlos zwischen allen Fronten? Er weiß nicht ein noch aus in seiner Untätigkeit, verfügt über keine finanziellen Mittel und wird durchbohrt von der Frühlingsnacht, die widerrechtlich einzieht in New York.

Wer waren die weiblichen Heiligen, frage ich, und wie ist es ihnen gelungen, ihre Betten mit Gott zu füllen? Wie kann irgendeine Frau aus dieser leeren Welt eine Verbindung mit dem Himmel herstellen? Dann setze ich mich auf einen Stein mit Wordsworths Lebenslüge unter dem Arm und frage mich: Was ist Liebe?, seziere sie mit meinen pedantischsten Worten und versichere mir, daß all das Blut vergossen wurde, damit ich zum Philosophen werde.

Aber die ganze Zeit lehnt sich meine Seele sehnsüchtig wie ein neuer Leuchtturmwärter, dessen Blick das Meer absucht nach einem Boot, das bunte Zeitschriften und Klatsch bringt, hinaus, um das Rascheln eines Briefes zu vernehmen, der mir eine Gnadenfrist gewährt.

Nachts wandere ich auf der staubigen Straße, nenne das Mondlicht keusch und kirchlich und bete, damit die Erinnerung nicht zu stark wird, darum, daß ich ein Einsiedler werde, daß ich für immer aufwärts strebe oder niedersinke in einem Blutstrom des Geistes.

Laßt mich liegen auf den kalten Steinen! Laßt mich Gewichte heben, die zu schwer für mich sind! Laßt mich dem Schmerz Mehr! zurufen, mit einem Gesicht, das sich weiß im Feuer abzeichnet, mit den Peitschen des Leidens, den Strikken des unverwundbaren Asketen, hinein ins Reich des möglichen Märtyrers!

Doch meine eigenen Füße lassen die Botschaft undeutlich werden, die die Stille für meine Ohren hat, und in der Nacht fällt meine Brust in meine Hand wie ein Geschöpf, unerträglich und zu Unrecht mißhandelt.

Doch warum so kompliziert? Man muß es so sagen, daß die Nachbarn es verstehen können: Wenn wir im Bett liegen, fühle ich . . .

Fühlen Sie sich nicht einsam so ganz allein?

Ja, doch, Sie nicht?

Ach, und es ist so kalt im Bett.

Auf welcher Seite lag die hübsche Blonde? Es bringt mich auf Gedanken.

Die Hundsrose läßt ihre Ohren hängen. Sie ist vom Sommer überwältigt. So wird die Koketterie überwältigt von der Fortpflanzung. Ich werde zu schwerfällig, um das Menuett zu tanzen.

Sie erwartet in den nächsten sechs Monaten noch ein Baby.

Hm. Hm. Das habe ich mir gedacht.

Als ich im dichten Wald spazierenging, fand ich ein kleines Grab. Ich dachte, es sei eine frische Blume, es wuchsen zwei Primelpflanzen darauf. Welche Frau begießt ihre Schande mit Tränen neben den absterbenden Zedern?

Ich wollte niemanden fragen. Sie beobachten mich. Ihre Blicke bohren ein Loch in meinen Ringfinger, weil er unberingt ist, und sie nehmen Maß an meinem Bauch wie Schneider und denken sich interessanten Klatsch aus.

Sie sind in einer schlimmen Lage, nicht wahr, mein Kind? Sie sitzen ganz schön in der Klemme?

Nein, nein, danke der Nachfrage, alles in Ordnung, mir geht's gut. Ein wenig knapp bei Kasse vielleicht.

Wenn Sie mir etwas erzählen wollen, Sie können mir vertrauen, wissen Sie. Ich bin nicht von gestern, mein Mann und ich, wir sind nicht von gestern.

Nein, nein, vielen Dank, mir geht's gut.

Ich sage es ja nicht gern, aber es war schon recht eigenartig, wissen Sie, wie Sie damals ankamen und alles. Sie wissen doch, wie die Leute reden, und Sie sehen ja blutjung aus.

Oh, ich bin alt, ich bin 23.

Wirklich? Das hätte ich nicht gedacht. Ich bin 35. Ich habe eine Schlafzimmereinrichtung *und* eine Wohnzimmereinrichtung *und* Spitzendeckchen *und* einen Mahagoniständer für Zeitschriften: wir sind strebsam, mein Mann und ich.

Ich hörte, wie die Nachbartöchter redeten: Im Mondlicht, hihihi! Was hast *du* denn gemacht in dem geparkten Auto in der Kurve?

Ach! Ich mache mir gar nichts aus Sex, mir wird so langweilig beim Knutschen, aber ich verletze ihre Gefühle nicht gern. Manche meiner Freundinnen sind da anders, wißt ihr, sie müssen sich sehr beherrschen, man möchte es nicht glauben. Ich weiß nicht, warum das bei mir so ist, ich glaube, ich bin einfach so gebaut.

Hexen wurden auf dem Scheiterhaufen verbrannt, in ganz

Neuengland, nur wegen der Liebe, nur weil sie die Mienen befriedigten Verlangens zur Schau trugen.

Ich bin einsam. Ich kann keine Heilige sein. Ich will den, den ich will. Er ist der eine, den ich mir aus der ganzen Welt ausgesucht habe. Ich habe ihn ausgesucht in kalter Überlegung. Aber die Leidenschaft war nicht kalt. Sie entflammte mich. Sie entflammte die ganze Welt. Liebe, Liebe, gib meinem Herzen Frieden, leg deine Arme um mich, gib meinem Herzen Frieden. Spürst du den kleinen Bankert?

Der kleine harte Kopf ragt neben meiner Blase hervor. Das ist unser Kind. Das ist der Lohn der Liebe. Das ist es, weshalb ich Milch trinke und meine Ohren vor dem Schock der Katastrophe und der Klatschsucht und dem Kriegsdonner verschließe. Ich höre Mozart, ich pflücke die Frühlingsblumen und streife in der Sonne umher.

Das Kind strahlt Ruhe aus, aber es kann die Einsamkeit nicht vertreiben. Die Zeit vergeht, aber die Einsamkeit wird größer als das Kind. Sie ist schwerfälliger.

O verschwendetes Mondlicht, verschwendeter Reichtum der Frühlingsblüten und des Flieders, wenn ich den Pfad entlanggehe. Hört auf mit all den Schmeicheleien und streut sie zu seinen Füßen aus, um ihn wieder für das Leben an meiner Seite zu gewinnen. O seid meine Verbündeten, aufblühende Farne, Schmetterlinge im Wald.

Aber der schonungslose Frühling schreitet voran und wagt es, ohne ihn zu Ende zu gehen, und ich wachse von einer Form in eine andere, und das ahnungslose Kind hüpft, ohne auf einen Vater zu warten.

Vierzig Tage in der Wildnis, und nicht eine einzige heilige Vision. Bilder, die das Auge überwältigen, doch ich liege in der Sonne, ohne auch nur eine einzige Metapher daraus zu gewinnen. Die Natur bedient sich meiner. Ich bin die Samenkapsel. Wenn ich über Felder und Hügel springe, habe ich ein anderes Gleichgewicht und falle nach hinten oder stolpere leicht, da ich vorn zu schwer bin.

Aber ich ziehe keine Parallelen aus vorgegebenen Mustern und schüttle keine silberglänzenden Wörter aus meinen Begegnungen. Zieh die Jalousien herunter, mein Embryo, über meine Augen.

Doch meine Augen, wie die blutig untergehende Sonne, spähen durch die Schleier und Nebel, die aufsteigen aus dem Leid, hin zu dem Zusammentreffen, das ich haben muß, oder ich sterbe. Und wie ein ausgebrochener Frühling spult sich mein Wille, der sich aufwärts gemüht hatte, mit lautem Getöse ab. Ich werde hinausgeschleudert aus der Wiese der Ruhe, und nichts, rein gar nichts kann mich bewegen, an sie zu glauben.

Die nächste Generation kann meine Leidenschaft nicht eindämmen. Niemand kann mir ein Seil zuwerfen. Ich muß meine Schritte zurückverfolgen und mein Urteil annehmen. Ich kann nicht außer Hörweite meines Untergangs leben, in der Hoffnung, ich könnte etwas aus dem Blut retten. Ich kann weder die Erinnerung noch das Kind retten. Die Liebe ist mein Alles oder Nichts.

Schmerzen, Schmerzen, die ihr mir meinen Sohn bringen werdet, kommt vor den Vorhang der geschäftigen Hausfrauennatur und gebt mir erst die Wahrheit oder gebt mir nichts. Wie ihre Tigerinnen kämpft die Natur mit allen Waffen um ihren Embryo, aber mein Geist ist spitz vor Schmerz und bohrt ein Loch durch die natürliche Erlösung.

Meine Füße eilen die nasse Straße entlang, um den Zug zu erreichen, und meine Hände umklammern meine Fahrkarte in die Verdammnis. Neige dich, du hoher Kirschbaum, ich werde mit meinem Geliebten zusammentreffen.

Kein Gramm des Trostes, wenn das fehlschlägt. Keine Auferstehung und kein Leben nach dem Tode. Ich habe die Arzneien ausprobiert, und keine hat geholfen. Die Verzweiflung wächst wie ein Unkraut über die Hoffnung. Die Verzweiflung wächst und wirft mein schlafendes Baby wie der Kuckuck aus dem Nest. Vielleicht, vielleicht, doch ich kann nicht mehr warten.

Schicksal, nimm mein letztes Ultimatum entgegen, von mir verkündet und an diesem heutigen Tag von meiner Hand unterzeichnet, unterzeichnet und wohl überlegt, mein letzter und unabänderlicher Wille.

ZEHN

An der Grand Central Station setzte ich mich hin und weinte:

Ich werde mich nicht besänftigen lassen vom mechanischen Ablauf der Existenz, noch Trost finden in der Besorgnis von Kellnern, die mein verwüstetes Gesicht bemerken. Der Schlaf versucht mich zu verführen, indem er ein erträglicheres Morgen verspricht. Aber ich werde mich nicht verraten lassen von einem so heimtückischen Judas: er verrät jeden: er führt sie in den Tod. Jeder fügt sich: jeder findet sich ab.

Sie sagen: Mit dem Älterwerden ergeben wir uns in das Unvermeidliche.

Aber ach, sie stolpern blind und widerspruchslos hinein. Und für ihre Sünde, die Sünde, einen solchen Kuppler des Todes zu akzeptieren, gibt es keine Erlösung. Es ist die Sünde der Verdammnis.

Aber was außer Morphium kann erträgliche Netze um den Tigerhai weben, der meinen Geist in Stücke reißt und auf allen unmöglichen Seiten einen Fluchtweg sucht? Die Sinne übergeben das Unerträgliche dem Schlaf, und es hört auf, außer daß es schauerlich am Rande meiner Träume auftaucht und gräßliche Signale gibt, die mir den Frieden nehmen, die ich aber nicht verstehen kann.

Der Schmerz war unerträglich, aber ich wollte nicht, daß er aufhört: er war von opernhafter Dramatik. Er erleuchtete die

Grand Central Station wie der Tag des Jüngsten Gerichts. Er hatte Muskeln, härter als die Samsons in seinem Augenblick der Offenbarung. Er hätte mir Dantes ganzen Traum zeigen können. Aber es war unmöglich, ihn auszuhalten.

Ich werde ein Kind haben, deshalb träume ich immer vom Wasser, über welches hinweg mir der Geist eines nahezu vollendeten Unheils zuwinkt. Aber heute nacht lag dieses Kind darin wie die dem Untergang geweihte und einzige Insel in allen Meeren.

Als die Lexington Avenue sich in meinen Tränen auflöste und die Häuser und die Neonlichter und die Nebel durcheinander in die Flut fielen, war dieses Kind das nackte neugeborene Kindlein, das ankämpfte gegen den Wind. Es ist der eine Brennpunkt, der mich an mein eigenes Zentrum heftet.

Doch das Meer, das alles überschwemmt, ist die Liebe, und sie ergießt sich aus mir wie aus einem Schnitt in der Schlagader. Ich ertrinke darin. Die Fenster der fünfzig Stockwerke blitzen und stürzen ins Wasser. Das Wasser ist ganz voll mit astronomischen Punkten. Es ist eine magnetische Todesfalle. Alles wird von seiner Flut mitgerissen.

Wohin sind wir alle unterwegs auf dem angeschwollenen Fluß meines uneingedämmten Schmerzes? Ach Orkan, entschließe dich. Finde irgendein Ende, aber finde ein Ende.

Mit einem Trompetenstoß verkündet der Schmerz seinen Sieg. Er wütet. Er sehnt sich nach gewalttätigem Ausdruck, kann aber keinen finden. Es ist kein Ende. Das Ertrinken hört nie auf. Das Wasser überschwemmt und vermischt, aber ich bin nicht tot. Ach, ich bin nicht tot. Ich bin unter dem Meer. Das ganze Meer ist auf mir.

Dann stürze ich durch die Grand Central Station, und nichts kann mich aufhalten, wie eine Limousine ohne Bremsen in voller Fahrt, angetrieben von heller Verzweiflung.

Sie verleiht mir Fähigkeiten. Sie wird mit den kleinen Ärgernissen von früher fertig. Ich setze mich mit Verachtung darüber hinweg.

Geht zum Teufel! sage ich zu denen, die mich einst einschüchterten, wenn ich demütig um ein Sandwich bat.

Sie gehorchen dem Funkeln im Mittelpunkt meiner verschleierten Augen, denn ich bin in die Enge getrieben und zu allem entschlossen. Ich kann jetzt nicht dienen mit Verneigungen und allgegenwärtigem Lächeln, denn es sind zwölf Cents übrig von diesem stets wirksamen Bestechungsmittel, und mein Gesicht schwamm weg mit diesem Blutsturz des Schmerzes, der sogar die Chromverkleidung die Glaspaläste den Beton von New York aufgelöst hat.

Aber diese Tag und Nacht geöffneten Cafés bekommen zuviel zu sehen von den Hoffnungslosen, die sich mit Kaffee wärmen, bevor sie sich in den Fluß stürzen. Diese Tische sind mit Leder überzogen, auf dem das Blut nie getrocknet ist. Sie laden ein zum Verfassen von Abschiedsbriefen: »Lebt alle wohl — es war mir zuviel.«

»Sie wirkte irgendwie verstört«, sagen sie zur Polizei. »Aber es kommen ja so viele von der Sorte. Das kommt immer wieder vor.«

Sie schütteln die Köpfe, wenn sie sie gehen sehen, und nehmen schnell die leere Kaffeetasse weg: »Jemand hat sie sitzenlassen«, würgen sie hervor und schützen sich so mit dem geistergefeiten Witz gegen das äußerste Entsetzen. »Pech — Was soll's denn sein, gnädige Frau?«

In der Third Avenue laufe ich mit der Katastrophe um die Wette. Sie schimmert im Hudson River. Als ich wage aufzublicken, auf der Suche nach einem Zeichen des Trostes, flammen die Neonlichter unbarmherzig auf.

Nein, niemand wird dich hier bemitleiden, wo ein Versagen gleichzusetzen ist mit Schande und wo Tränen Anachronismen sind, fehl am Platz, sogar im Kino.

»Sicher, Herzchen. Wir alle haben Probleme. Kopf hoch. Halt die Ohren steif.«

Wenn du jetzt lächeln kannst, wirst du vielleicht ein Bombenerfolg im Werbegeschäft. Tapfere kleine Frau . . . Alle Achtung. Ihr schlagfertiges Mundwerk kaschiert eine packende Tragödie. Einst konnte sie fühlen, sie konnte weinen. Einst war auch sie ein Mensch. Aber Sie sehen, was sich machen läßt. Immerhin verdient sie jetzt 15 000 Dollar im Jahr.

Jemand ist im Tempel, Gott, und sie verteilen gefälschte Dollarnoten. Ich habe sie nicht gebeten, mich zu beneiden, ja nicht einmal um Schuhe in der Modefarbe. Ich wollte nur eins. Ich gab dir genaue Anweisungen. Der Name, ich schrieb ihn aus in Buchstaben, so lang wie ein Kontinent, sogar die Adresse, die Adresse, die Wasserfälle macht aus meinem Blut, weil es auch ihre Adresse ist.

Ich sagte ganz offen und laut: Das ist es, was ich will. Ich will es, und ich will keine Extras. Gib mir nur das, und ich zahle jeden Preis, den du verlangst. Ich hatte keine Vorbehalte. Du hast das ausgenützt. Ich war nie böse deswegen. Doch, Sir, was ich erbitt', ist rechtens — was zögert Ihr? Mehr ist hier nicht zu geben!

Der Busschaffner streicht Senf auf sein Schinkensandwich, stehend, in Eile, zwischen zwei Fahrten. Er ist gekommen und gegangen, während ich drei Kreuze auf mein Grab setzte. Wann hast du Zeit für die Liebe, Süßer?

Sie liegt ihm wie sein Schinkensandwich als kleiner Knoten im Magen. »Wenn Sie es eilig haben, probieren Sie Agiolax gegen Verdauungsstörungen. Agiolax ist ideal für alle, die ständig auf den Beinen sind.«

Pünktlich wie seine Lochzange geht er ein und aus in der Höhle der Offenbarung. Ein Auge ist voller Staub von der Straße und das andere blickt auf die Uhr. Frau, mach die Beine breit. Noch fünf Minuten, dann muß ich in den Dienst.

Ich sehe sie oft, wie sie sich reißt um verbilligte Strümpfe im Tiefparterre von Macy's. Wer wird die versteinerte Wucherung ihres Gesichts auflösen? Wer wird diesen wahrhaft Gordischen Knoten zerschneiden?

Eine Schere, o ihr wahnsinnigen, launischen Nornen, eine Schere.

Mein Geliebter ist an ein schwimmendes Kreuz geschlagen und ruft in der Nacht mit heiserer Stimme meinen Namen. Seine Frau hört es, und ihre Augen brennen Löcher ins Dunkel des Zimmers. Mein Geliebter hat einen Verband wie ein Gedärm des Schmerzes um den Hals, wo er sich kürzlich die Kehle durchschnitten hat.

Doch es ist nicht die Wunde, die ihn jedesmal beim Schlucken würgt. Es ist der Erdball, mit Eisenspitzen versehen, wo Europa liegt, aber mit meinem Namen bedeckt wie mit einem Teewärmer. Ach wie durstig er ist, wenn diese große Kugel seine Kehle verschließt.

Er hängt da, feucht von seinen ohnmächtigen Tränen, die

eine Hand an die Liebe und die andere ans Mitleid genagelt, die beiden Füße der Länge nach ans Unvermeidliche genagelt, treibend im ewigen Meer der Tragik, in den Stürmen dieser außergewöhnlichen Zeiten.

Alle meine Polarsterne sind zu fallenden Sternen geworden. Mein Geist treibt wie Strandgut auf den Wassermassen. Kein morbider Halbwüchsiger hat je so krampfhaft nach einer melodramatischen Lösung gegriffen. Die Welt stürzt dröhnend in die Höhe.

O ja, es ist die Hysterie, die mich mit seinem Namen peitscht, die mich vor sich hertreibt mit der wahnsinnigen Einsamkeit der ersten geteilten Amöbe, so daß ich unter seinem Fenster gellend schreie. Wie wenn alle zukünftigen Welten in der Vereinigung unserer getrennten Zellen lägen, krümme ich mich vor Verzweiflung und schreie seinen Namen hinaus, während mein Embryo schrumpft, während das ganze Universum verdorrt, wie eine Blumenkrone, die keine Biene je fand.

* * *

Immer noch wirft er sich hin und her. Obwohl er schläft, leidet er Folterqualen.

Auf der anderen Seite des Zimmers liegt sie, leichenblaß vor Kummer und Liebe, legendenumwoben und steinern wie eine katholische Kathedrale.

Diese eine war das perfekte Opfer. Alle zivilisierten Menschen werden um sie weinen. Chöre werden für immer vor jenem rechtmäßigen, ergreifenden Denkmal trauern. Aus ihren beherrschten Tränen wird Gras sprießen, so grün, daß es ungerührte Herzen rührt.

Jeder Mauerstein war Blut. Die Kirchturmspitze durchbohrte sie zur Taufe, noch während ihr aufwärts gewandtes Gesicht den Kuß Christi erwartete. Die Steine sind glatt, weil ihre Qual sie ausgewalzt hat. Sie wurde als Opfer vergossen. Dreimal erlitt sie das Martyrium, aber das dritte Mal starb sie wirklich.

Er steht wie gelähmt da und sieht sie hängen. Ihr brechendes Auge rollt umher und sieht, wie ihr Gott sie verrät. Aber sie flüstert, »In la sua voluntade . . .«

Huren haben Augen, die wie Mäuse durch Restaurants trippeln, welche übersät sind mit unbestimmten Erwartungen. Ihre Wiegenlieder rasselnden Gelächters ängstigen einen, so wie die hölzerne Wiege auf dem Boden. Meine Wiege ist in meinem Inneren. Sie schaukelt, aber ein Orkan schaukelt sie. Seine Ellbogen lassen mein Blut fließen. Er stößt mich vom Weg beabsichtigter Souveränität. Ihr verliebten Mädchen, denkt daran, nicht den Kopf zu verlieren, bleibt kühl, plant euren Feldzug, es grüßt Euch herzlich Eure Briefkastentante. Ihr verliebten Mädchen, seid Huren, dann tut es nicht so weh.

Auch er schaukelt hin und her in seinem Trapezkünstlernetz, das in einem Orkan hängt, doch über der Verdammnis. Ach Orkan, entschließe dich, finde irgendein Ende, aber finde ein Ende.

Wie kann ich Mitleid mit ihm haben, auch wenn er so verwundbar dort oben in den schneidend kalten Winden liegt, wo doch jedes Loch, aus dem ich blute, durch einen Kuß von ihm entstand? Er ist schön wie ein Gleichnis. Er ist schön wie die Legende, die die Phantasie an den Strand spült.

Aber was bombardiert ihn außer den blinden Elementen, zufällig wie der Blitz, allgegenwärtig wie die Luft? Er ist anfällig für tausend Schreie der Verzweiflung und des Schreckens. In der Nacht schaukelt er wie wahnsinnig hin und her, schaudernd und sich wehrend gegen tausend Feinde und Leiden.

Aber ach, mein brennendes Baby verankert die Liebe in mir, und ich werde vom Feuer verzehrt, wohin immer ich gehe, wie das Folterrad der heiligen Katharina, ewig wie die sich drehende Erde und wohl nicht so leicht verlöschend.

In ein oder zwei Tagen wird der Sturm nachlassen, mein Herz, meine Katharina. Sei ruhig, sei lieb.

In einer Stunde, mein Schmerzensengel, hat ein Komet seine Beständigkeit am ewigen Unglück zerschmettert.

Oh, das Unglück ist der Kellner, der die Krümel vom roten Ledertisch wischt und dabei mit seinen Goldzähnen grinst, um später vor den Kumpels anzugeben.

Es gibt kein Morgen, nicht das der Vernunft noch irgendein anderes. Und das Heute, mein einziges Heute, vergieße ich nutzlos in mein Zehn-Cent-Notizbuch, da meine Augen keine Tränen mehr haben. Dies ist die Stunde, zu der ich einst aufstand und, wunderschön ausgestattet mit Verachtung, der Sonne aufzugehen befahl. Jetzt ist es keine Stunde, und sie führt nirgendwohin. Sie baumelt sinnlos hin und her.

Wer schlurft an mir vorüber und hält sich an Stühlen fest? Ich bin es. Ich selbst. Ich taumle durch das Café, umworben von der Hure Schlaf. Alle Tränen sind geweint und beflecken den Platz, auf den sie fielen. Ich habe keine Worte. Ich habe keine Gedanken. Doch quia amore langueo. Ich sterbe um der Liebe willen. Das ist die Sprache der Liebe.

Morgen um zehn nehme ich einen Zug. Alle Züge bringen mich zu Flüssen, die mir winken, mich rufen. Durch den Tag oder durch die Dämmerung rase ich an Flüssen vorüber zu *dem* Fluß. *Ein* Fluß wartet auf mich. Einer ist der eine und weiß, wie ich ins Wasser fallen werde mit dumpfem Aufprall.

Und ich bin durchnäßt, bevor ich die Oberfläche erreiche. Ich bin ertrunken, bevor ich die Wasserpflanzen auf dem Grund erreiche. Ich weiche dem Blick aus, den mir der Fluß zuwirft. Aber er tanzt weiter. Es gelüstet ihn nach mir. Ich bin ihm fast schon erlegen.

In meinen schrecklichsten Träumen gefriert das Wasser zu Eis, der Wasserfall, der Befreiung verspricht, steht stockstarr und unfolgsam da. Dann bin ich plötzlich festgenagelt, wie ein lebendig Begrabener oder ein angeketteter Geist, der nie freigelassen wird.

Seine Hand streckt sich mir voll Mitgefühl entgegen, sanft wie eine Taube, seine Wange wie frühe Äpfel. Er vergießt Tränen des Trostes auf meinem Mund. Er küßt die Ringe auf dem Wasser, unter dem ich ertrunken liege. Sanft wie ein Fisch gleitet der Kuß zu mir hinab, er schwimmt durch mich und zieht seine Liebesbläschen hinter sich her. All der tonnenschwere Druck aller Meere kann jener Berührung nicht standhalten, die mich mit Trauer sticht.

Durch die undurchdringlichen Schichten blickt das Morgen, wie ein eifriger Schüler des Sokrates, hinab auf die Ertrunkene mit Auferstehung in seinen Augäpfeln. Ich sehe die Glieder meines Geliebten ganz mit den seinen verschlungen. Mein Geliebter gibt Zeichen. Er lächelt. Er deutet mit dem Finger. Er beugt sich hinab und taucht seine Hand ins Wasser und zerstört mein Bild mit kleinen Wellen. Der Schlamm deckt mich zu. Der Schlamm zieht Vorhänge vor meine Augen. Meine Rufe steigen nun in Blasen auf, meine Schreie stechen nur Löcher in die Luft wie die Botschaften der Libelle.

Dann klärt sich das Durcheinander. Ich sehe, es ist ein Sommerabend dort oben. Mein Geliebter liegt unter dem Lindenbaum und küßt das Morgen mit seinem Mund, der ganz mir gehörte. O dieser Tumult, der vergebliche Aufruhr der Verdammten. O die Sprache der Liebe. Die ungedeutete. Die unverständliche. Amore. Amore. Amore.

* * *

Ist es möglich, daß er mich nicht hören kann, wo er doch so nahe liegt, so leicht schläft? Diese Stunden sind die einzigen Stunden. Was kann ihm der Schlaf geben im Vergleich zu dem, was ich ihm hätte geben können? Er muß aufspringen. Er muß hierherkommen und mich finden.

Er schreit auf in seinem Schlaf. Er sieht den riesigen Vogel des Unheils vorbeifliegen. Seine beiden Flügel sind überzogen mit der Tageszeitung. Fünf Millionen andere Stimmen schreien auch. Wie soll man mich hören?

»Lieg still, mein Kind«, sagt sein Schutzengel.

»Ist alles in Ordnung?«

»Nein, aber lieg trotzdem still.«

Das Morgengrauen kriecht über sein Fenster wie ein schuldbeladenes Tier. Dies ist das Zimmer, das er statt der Liebe wählte. Möge es still sein und voller Heilung. Mir verstellt es jede Sicht, jede Perspektive. Es ist die verwünschte Bequemlichkeit, die er meiner Brust vorzog.

Diejenige, die sie mit ihm teilt, weint still in den Ecken, zärtlich unbemerkt, und macht ihm den Tee, den er braucht.

»Hast du mein Notizbuch gesehen, Liebes?«

»Es liegt unter dem Schreibtisch, mein Herz.«

Gib es ihm, O sanfte Räuberin, die auch ich beraubt habe, meine Feindin, die ich getötet habe und von der ich getötet worden bin. Laß ihn Worte schreiben, die ihn von diesen Morden freisprechen.

Die Seite ist so weiß wie mein Gesicht nach einer durchweinten Nacht. Sie ist so leer wie mein verwüsteter Geist. Alle Martyrien sind vergebens. Auch er ertrinkt im Blut zu großer Opfer.

Leg die Waffen nieder, o Liebe, denn alle Schlachten sind verloren.

* * *

Und was werden Rose und Dornbusch den Kindern meiner Schwester erzählen, die nahe dem Grab spielen? Sie sticht mir in die Hand, die schöne Blume. Allein von einer Rose singe ich.

Aber warum haben sie einander getötet? Wie soll ich das wissen, meine kleine Wilhelmine? Es ist die Sprache der Liebe, die niemand versteht. Es ist der erste Schrei meines Kindes, das nie geboren werden soll. Geh in deinen Garten, denn deine Äpfel sind reif.

Wie die Dämonen vor dem Höllentor treffen die schwarzen Bediensteten ein und geleiten den Tag herein mit Besen und riesigen Kehrichtschaufeln. Gerüche nach Desinfektionsmitteln tilgen Liebe und Tränen. Voll Hast und Lärm überschwemmen die Frühharbeiter die Welt, deren Erben sie sind, und zertreten mit schwerem Schritt die Flecken der klagenden, blutenden Vergangenheit.

»Guten Morgen, Chef. Eine Tasse Kaffee und zwei Spiegeleier.«

Seht euch den Schwachsinnigen an, den ihr in jener Nacht gezeugt habt. Er ist die ganze Welt, die übriggeblieben ist. Er ist Amerika und besser als die Liebe. Er ist der Erbe der Zivilisation, O ihr Gesindel, dem er seine Existenz zu verdanken hat.

Er ist glücklicher als du, mein Liebling. Aber wird er genügen, um die nächsten tausend Jahre auszufüllen? Jetzt ist es leider zu spät, sich zu beklagen, mein Täubchen. Ja, es ist alles vorbei. Keine Reue. Keine Diskussion. Man muß sich den herrschenden Zuständen fügen, das ist alles. Man muß lernen, sich anzupassen.

Was mich betrifft, so gefällt mir der Boulder-Damm besser als die Kathedrale von Chartres. Ich mag Hunde lieber als Kinder. Ich mag Maiskolben lieber als männliche Genitalien. Alles ist super, prima, alles ist okay. Es ist geritzt. Es kann gar nicht schiefgehen.

Mein Herz, mein Liebster, hörst du mich dort, wo du schläfst?

NACHWORT

Brigid Brophy

Ich glaube kaum, daß es auf dieser Welt mehr als ein halbes Dutzend Meisterwerke lyrischer Prosa gibt. Meiner Überzeugung nach ist Elizabeth Smarts Buch *An der Grand Central Station setzte ich mich hin und weinte,* das erstmals 1945 veröffentlicht wurde, eines davon. Damals erregte es zur Schande derer, die sich zu jener Zeit Kritiker nannten, geringes Aufsehen, doch allmählich wurde es zum Geheimtip, bis es einundzwanzig Jahre später einen Verleger fand, der klug genug war, es neu herauszugeben.

Abgesehen davon, daß die lyrische Prosa das Genre ist, das am wenigsten Meisterwerke aufzuweisen hat, ist es wahrscheinlich auch jenes, das mit der längsten Liste wahrhaft und abgrundtief schlechter Bücher aufwarten kann — dem miserablen, widerwärtigen Mist, hinterlassen von Schriftstellern, die in der Aufregung ihrer Entdeckung, daß es unerwartet einfach ist, sich in luftige Höhen aufzuschwingen, ganz vergaßen, Vorkehrungen für eine sanfte Landung zu treffen. Denn wie jeder Verfasser von Liebesbriefen unschwer herausfindet, ist es keineswegs so schwierig, wie man glauben möchte, seine Liebe an der Seite jener von Tristan und Isolde unter die unsterblichen Romanzen zu reihen. Das Problem beginnt damit, daß man als Ergänzung hinzufügen muß, daß das Geld für die Milchrechnung unter der Vase auf der Anrichte liegt.

Elizabeth Smart gelingt es nicht nur, dieses Problem zu lösen, sie schlägt sogar künstlerisches Kapital daraus, indem sie den Gegensatz zwischen Intensität und Banalität zu einem Teil ihres Themas erhebt. *An der Grand Central Station* handelt großteils von dem erstaunlichen Dualismus, demzufolge jemand gleichzeitig eine Mittelstandshausfrau und Isolde sein kann. »Ich denke ständig daran«, sagt die Heldin-Erzählerin, »daß ich ihre Gastgeberin bin. Also ist es eher das morgige Frühstück als das zukünftige Blut, das verhängnisvolle Geduld gebietet.«

Die Gefahr für einen Großteil lyrischer Prosa besteht darin, daß das morgige Frühstück sich ungebeten aufdrängt und so ein falsches Pathos schafft. In *An der Grand Central Station* ist die physische Alltagswelt aus eigenem Recht gegenwärtig. Ein großer Vorteil, den dies mit sich bringt, ist die Tatsache, daß das Buch es nicht nötig hat, eine humorfreie Enklave darzustellen, wie dies beispielsweise bei Wagners Opern der Fall ist, auf daß kein Scherz die heroischen Proportionen von Tristan und Isolde schrumpfen lasse. Da die physische Welt fest und unabänderlich im Buch verankert ist, kann sie in zynischer Weise herumgestoßen und zu einem geschmacklosen Witz umphantasiert werden (der Satz, aus dem ich bereits einen Teil zitiert habe, lautet vollständig: »Wie Macbeth denke ich ständig daran, daß ich ihre Gastgeberin bin«), oder sie kann barbarisch zerstückelt werden, wie in der hervorragenden, quälenden Stelle, in der Verse aus dem *Hohenlied* in die barschen Fragen eines Polizisten eingestreut sind.

Der zweite große Vorteil besteht darin, daß das Buch eine Handlung haben kann. Es ist sowohl ein echter Roman als auch eine Rhapsodie und ein Klagelied, obwohl die Handlung zugegebenermaßen kaum über die kargen drei Linien einer Dreiecksgeschichte hinausgeht, und selbst diese müssen aus dem Rhapsodieren und Wehklagen der Erzählerin erschlossen werden. (Ich vermute beispielsweise, daß die Liebenden verhaftet werden, weil sie jenes seltsame amerikanische Gesetz gegen das Überqueren einer Bundesstaatengrenze mit sexueller Absicht verletzten.)

Doch obwohl die Handlung nur ein dünner Faden ist, ist sie doch ein Faden, stark genug, um die verschiedenen Stimmlagen und Bilder des Buches miteinander zu verbinden. Baudelaire gelang es nicht, einen solchen Faden zu entwickeln, um seine Kleinen Prosagedichte zu verknüpfen, mit dem Ergebnis, daß ihre Lektüre anmutet, als krame man in einem Karton voll wunderbarer, jedoch unaufgefädelter Glasperlen. Die Bilder in *An der Grand Central Station* sind einzeln gesehen schön, aber auch schön durch die Reihung, in der sie aufgefädelt sind. Wenn man das Buch liest, ist es, wie wenn man einen tragischen, heidnischen, erotischen Rosenkranz betet.

Wie ja die Stilart des Buches im wesentlichen die der Liturgie ist. Es ist ein liturgischer Gesang. Man muß es laut lesen, es aufführen wie ein Konzert. Wie der Großteil englischer lyrischer Prosa gehört es in die Tradition eines Werkes der Bibelübersetzung von 1611, das ursprünglich vermutlich für irgendeine Art des Vortrages gedacht war, nämlich des *Hohenliedes,* das es so nachdrücklich zitiert, sowie der Psalmen, denen es seinen Titel verdankt. Sein eindringlicher Rhythmus ist wie der der Psalmen der Rhythmus des Pulsschlags. Das Buch ist eine einzige Wunde. Selbst wenn sein Rhythmus das Erbeben im Genuß ausdrückt, ist der Genuß so leidenschaftlich, daß er die Persönlichkeit zerstört, die ihn erfährt.

In Übereinstimmung mit dieser Tradition ist *An der Grand Central Station* ein exotisches Werk. Seine Kadenzen ergeben ein fremdartiges Geheul. Seine Bildersprache hat bei unterschiedlichsten Riten und Mythen Anleihen genommen. Manche der Vergleiche entstammen dem Fundus des Katholizismus: »Ihre mageren Brüste sind mitleiderregend wie ausgeraubte Marienschreine.« Manche seiner Personifikationen kommen geradewegs aus den erhabenen klassischen Mythen, vielleicht auf dem Umweg über die fatalistischen Werke der viktorianischen Meister lyrischer Prosa, Walter Pater und Walter Savage Landor: »Jupiter ist bei Leda gewesen, und nun kann nichts den Trojanischen Krieg verhindern.« Manchmal wird die klassische Personifikation durch eine allzu aufdringliche Lichtmetapher fast völlig verdunkelt: »aber kann ich das Flämmchen eines Zündholzes sehen, während ich in den Armen der Sonne verbrenne?« — eine Metapher, die meiner Vermutung nach von Christopher Marlowe entfacht wurde (selbst ein Schriftsteller, der niemals Fäden ersann, die sich der Brillanten, die er aufzureihen hatte, als würdig erwiesen, so daß er als großer Dichter vereinzelter Verse und Reimpaare in Erinnerung bleibt — und deshalb weiß man auch, daß jene Gelehrten im Irrtum sind, die glauben, daß er die Werke Shakespeares geschrieben hat).

Die Meisterschaft von *An der Grand Central Station* ist natürlich eine Meisterschaft der Bildersprache — »natürlich« deshalb, weil das Vergnügen, das wir an der Literatur und vielleicht an jeder Kunst finden, letztlich immer in der Bildersprache liegt. Aus einem mir unbekannten Grund (vielleicht ist er zu elementar, um erkennbar zu sein) erfreut sich der menschliche Geist weniger an der exakten Erschaffung eines einzigen Bildes, gleich wie schön es ist, als an dem Geistesblitz (dem des Witzes sehr ähnlich), der zwei Bilder miteinander vergleicht oder sie tatsächlich miteinander verschmilzt, so wie schon im Titel von Elizabeth Smarts Buch die Grand Central Station mit den Wassern Babylons verglichen wird. Dieser Prozeß geht meines Erachtens weit über die verbalen Metaphern in der Satz-für-Satz-Struktur des Schreibens hinaus. Ich bin mir ziemlich sicher: Wenn wir sagen, ein Buch besitze »Tiefe« oder »Universalität«, dann meinen wir, daß der Autor Perspektiven angedeutet hat, unter denen selbst die ganz augenscheinlich einzeln und für sich stehenden Bilder des Buches, ja sogar seine Figuren, als Metaphern über sich selbst hinausweisen.

So ist es durchaus angemessen, daß *An der Grand Central Station* durch seine Anleihen bei der klassischen Mythologie wiederholt auf den großen Stammbaum von Geschichten zurückgreift, die erzählen, wie ein Bild auf greifbare Weise durch Magie in ein anderes verwandelt wird. »O glückliche Daphne, reglos und grün, um so der Berührung eines Gottes zu entgehen. Glückliche Syrinx, die sich für eine Legende entschied anstatt für zu großes Blutvergießen!« Die Legenden von Syrinx und Daphne gehören zu denen, die von Ovid unter dem Titel *Metamorphosen* gesammelt wurden, ein Wort, in dem das *meta* dieselbe, einen Akt der Veränderung kennzeichnende Präposition ist wie in dem Wort *Metapher*. Eine Legende der Metamorphose ist an sich eine Metapher für den Prozeß der Metaphorik — das heißt für den Prozeß der Literatur selbst.

Die Gedanken der Erzählerin in *An der Grand Central Station* drehen sich um Metamorphose (sie ist »beschämt durch mein eigenes Fleisch, das sich nicht in einen Druckerjungen mit Achselhöhlen wie Kelchen verwandeln kann«); und in diesem Punkt ähnelt das Buch in bemerkenswerter Weise dem Werk des einzigen anderen überragenden Dichters lyrischer Prosa unseres Zeitalters, Jean Genet. (Die Ähnlichkeit ist wohl eher zufällig, da sich die beiden Stilarten in Kulturkreisen ausbildeten, die durch den Krieg voneinander getrennt waren: die erste Fassung von Genets *Notre-Dame des Fleurs* wurde 1943 in Frankreich veröffentlicht; *An der Grand Central Station* erschien zwei Jahre später in London und erzählt eine Geschichte, deren Schauplatz Nordamerika während der ersten Kriegsjahre ist.) In *An der Grand Central Station* finden sich Wendungen — »Nein, meine Fürsprecher, meine Engel mit sadistischen Augen« —, die aus der ausgezeichneten Genet-Übersetzung von Frechtman stammen könnten. Wie Elizabeth Smart ist Genet ein Schriftsteller der Metamorphose *par excellence* (einer, der einen Mann mitten im Satz in einen Zentauren verwandeln kann). Ja, Genets Spiel mit der grundsätzlichen Metamorphose von »er« in »sie« läßt sich bis in seine Grammatik verfolgen. Elizabeth Smart gewinnt die gleiche Metapher aus einer Anspielung auf eine weitere von Ovids Metamorphosen, der Geschichte von Hermaphroditus, dem Jungen, der schwimmen ging und in den sich die Nymphe, die im Teich wohnte, so sehr verliebte, daß sich die beiden in einen Hermaphroditen verwandelten. Der Grund, weshalb die Erzählerin von *An der Grand Central Station* sich kränkt, daß sie sich nicht in einen Jungen mit (eine weitere Genetsche Wendung) »Achselhöhlen wie Kelchen« verwandeln kann, liegt darin, daß ihr Geliebter selbst ein metamorphes Geschöpf ist, der sich in eben einen solchen Jungen in einer Druckerei verliebt hat; in einem der unvergeßlichsten Bilder des Buches veranlaßt sie ihr Geliebter zu dem Seufzer: »Ach, ich weiß, er ist der Hermaphrodit, dessen Liebe hinaufblickt in die Krone des Apfelbaums mit einem goldenen, unbestimmten Gesicht.«

Während *An der Grand Central Station* mit Genet übereinstimmt, was die Umkehrbarkeit, die metamorphische Unbestimmtheit der Geschlechter betrifft, unterscheidet es sich davon im Punkt der Umkehrbarkeit von Liebe und Tod. Bei Genet verläuft der Austausch nur in einer Richtung: Schmerz wird zu Genuß. Gewalt, Verbrechen, ja sogar Mord werden samt und sonders in sexuelle Akte verwandelt; für Genet ist jede Waffe phallisch. In *An der Grand Central Station* geht der Austausch in beide Richtungen (»nun wird die Vorstellung eines gewaltsamen Todes zu einem Akt, der in anziehende Melancholie gehüllt ist«), doch in der Hauptsache entscheidet sich das Buch dafür, Liebe und Genuß in Qual zu verwandeln. Genet ist barock und sinnlich; die französische Tradition, in der er steht, bezieht sich stärker auf den Katholizismus, seine beschwörenden Rhythmen ahmen Anrufungen der Heiligen nach. *An der Grand Central Station* geht über die englische Tradition auf die Übersetzung des Alten Testaments von 1611 zurück und kann gerechterweise den Anspruch erheben, *jüdischer* zu sein. Es ist im Ton der Verbannung gehalten, im seufzenden De-Profundis-Tonfall des Psalmisten via Rilke. »Wenn ich riefe, wer würde mich hören aus dem Chor der Engel?« Sogar seine Martyrien sind vorchristlich — ja, halb heidnisch, da sie vieläugig sind wie Argos; und was sie mit ihren vielen Augen sehen, ist nicht eine Vision des Himmels, sondern allumfassenden Leidens. Selbst die Hände eines Geliebten bringen Zerstörung. Der Phallus ist immer eine Waffe. »Ich bin durchbohrt von Wunden, welche Augen haben, die eine Welt ganz aus Leid sehen ... Ich bin wahrlich und tödlich durchbohrt von den Samen der Liebe.«

Der Mythos, an den mich *An der Grand Central Station* am meisten erinnert, ist tatsächlich ein heidnisches Martyrium — und zwar eines, das viele alte Meister auf schauerliche Weise als eine Art weltliches Gegenstück zu ihrem üblichen Thema der Kreuzigung dargestellt haben. Auch diese Geschichte wird von Ovid in den *Metamorphosen* erzählt; und die Maler hatten recht, sie als Antwort der Ästhetik auf die Religion auszuwählen, da sie unverhüllt eine Geschichte über die Kunst ist und von einem Musikwettstreit handelt. Der Satyr Marsyas fordert Apollo zum Wettkampf heraus. Natürlich gewinnt der Gott, und er bestraft seinen Gegner für das Wagnis der Herausforderung damit, daß er ihm bei lebendigem Leib die Haut abzieht. Die Tränen der Freunde des Satyrs verwandeln sich in einen Fluß, und das ist der Grund, weshalb sich die Geschichte in Ovids Sammlung befindet. Ich habe seit langem das Gefühl, daß sich in dieser Geschichte eine Schlußfolgerung verbirgt, die jener entgegengesetzt ist, die sie uns aufzuzwingen versucht. Es geht darum, daß Apollos Kunst niemandem auf ewig Tränen entlockt (»auf ewig« deshalb, weil ein Fluß ewig fließt). Zum Zeitpunkt der Herausforderung und des Wettstreits war Marsyas tatsächlich der schlechtere Musiker. Erst nachdem man ihm die Haut abgezogen hatte, wurde er zu einem großen Künstler mit der Fähigkeit, seine Zuhörer in alle Ewigkeit zu rühren. Patricia Highsmith sagt folgendes: »Schriftsteller und Maler besitzen ihrer Natur nach nur eine hauchdünne Schutzhülle und versuchen ihr ganzes Leben lang, auch diese noch zu entfernen« — selbst wenn das bedeutet, daß ihnen die Haut abgezogen wird.

An der Grand Central Station ist eines der ungeschütztesten, dünnhäutigsten, exponiertesten Bücher, die je geschrieben wurden. Es ist ein Aufschrei vollkommener Verwundbarkeit. Es unter dem Bild eines Satyrs zu sehen, dem die Haut abgezogen wird, stimmt mit seiner eigenen Bildersprache überein, da ein Satyr, eine Mischung aus verschiedenen Geschöpfen, selbst eine personifizierte, erstarrte Metamorphose ist. Es entspricht auch insofern der Moral dieses Mythos, als die einzige Metamorphose, deren Zauber im wirklichen Leben tatsächlich funktioniert, diejenige ist, wodurch ein schreckliches und qualvolles Martyrium in eine Quelle ewigen Vergnügens, ein Kunstwerk, verwandelt werden kann.